逃散——

ふぞろいの面々
爪より公界へ

髙野 尭

目次

意味の無意味——振動とリズムへ

私でない証言と虚言、失言と妄言をめぐるリハビリー縮約と過剰のイロニーが諮るリダンダントに堕ちた絶対抒情

——オルフォイスのメランコリーを裁けるための欠失——

すれちがう未来へ——

爪

茫洋のもなか
折をたたみ
爪をみている
地のいろはむ
瞳のわくでつられる
あわいかげ、もや、くもり　ひかり

行きづまりの視線がせく
健啖におぼれ
空きっ腹だからない
なみだが群れる、枯れたか
眼づまりにめいり

不知火にくるう

くだからみぞへ襞をまたげない
横道にそれて穴をくぐる
ひねもす鼠を追い
うみの夜爪をたべはじめる闇に
さきいかの縦にわれ
胸乳のわたがはがれていく

像とはむすばれない
ひとりみに孵卵の欠片は
はじけるとしみ
不在の母をにくむ
茫々はきらい
朱の紙をはきすてる

ニューロの繫と
偏りがしいる名を
シナプスの溢れに
屈んずほぐれない
つまひくよおとはおもへり
身を欠く臍をかんだ

前記

鼠

ひかりのうすい廊からけがたつ
うんきのいしはあのつらをわたし
みかえすつけねをこごらしおりふせる

みられてならないみずけの跡を
ことばがはえないようふみにじる
もとの素地をうすく膜はなだめているが

栽植にはみずやりがかかせず
雨乞いにたのむなげやりな飼育にむかない

ねぶみする昼の暗闘でかける異臭の帯が

なわばりにひとしくあとづけられ
赤ん坊の鬼哭にあやかり
ねころんだ一つの形がくずれはじめる

回復

ひおむ闇のむこおに、わおむ道すがら絶する壁の、やわな繊毛はうぶな老いをのたれ、ながかった黙すいきが生える

おぼつかない指爪がたどたどしくいく、竜線の蛇行は彼方にさしむく扉をめくり、かたりがたい七夕の刻時をまって火をともす閃めきおちたオレンジと橙の争いに気づいて、とっさにうみに捨てた荒魂を抱きいれる

離散地でオーロラの色使いは虹に課され、わりふりの加減をたよった、容赦なくはしる雷雲のさなか、心ふるう分かれたセリーの脈診を合図に、しょっかんとみらいをほだす飛脚のうとい足取りを電光掲示板管理棟の配電盤につないだ、のでした

みどりみどりにそまり流れさるくらい水面を照りかえす見返りさえ　わすれてし

まった黒土の温みをさがしあぐねる、じぶんの神話をこさえ踊りでた、あらわれの正当なみずうみには枝葉の付け人をまねき鏡の彫拓はさえてくる、のどかな朝を繰りかえすのです、苔むすゆるぎない未来へ、つめたい凍土をむかえるため

おわりない冬ごもりにもぐらの鼓動は、おのおのの夢の駿馬を駆けぬけ、からだがうきあがる手品の技を皿にとりわけている

ピアノのだ、やとわれ調律師が挫けるそよぎはよわい、毛糸と隔たるあやとりを棒玻璃につなぎ、左右にぶれると逃げていく一角獣の首につる悪戯がこわい

仰ぐとゆるる　巻貝の類と係累と棺をめぐる巻糸のねばりを待っていた

玉手箱は叫んだから、斜めに見えることこそあじけない、と

ついでに夕げは、ゆすられる毛詰まりに猫はせまられて、まるく赤い石の花とあそぶ

くるゆるむしろい砂利の黄土は化石におもねた、経る年に繰延べる酸味をすだれるのです

画画しかじかと、べたなデッサンの厚みと奥行きをくらくが静物画の黒地にくるってる

ゆずれない水の溜まり具合をしずめる濁りは、つまれた小石の恐れがふるへて、病まない

　棒をのんで生きる仮面の後髪をうろつく、
ええよ人たらしは片眼の涙を片眼がわらうんだから

Ａ４のしろさにおもはず目尻とけなげにしわんでいく早送りの数字がとけていく

たおやかによわり目はたたり、おくびのうらには燐火のちろちろを炊く

さばをよんでひたいの林檎へ、卍がこの芯によりそってさえいれば、ホルバイン
の腐刻画、髑髏が斜めさす護符のたよりをうつし、影がのびていくさまを細くなが
びいていく

とーつーとーつーいまの在りかにうずまきふぐりをおさえどこへいく
すべからくやんなはれ、ふたひらの蝶を留めんと指揮棒のふる迷路で花片を揺籃期
の淵にしずんだ

いつでもひきおこされた感情肌のすりあいと遂げあう、まぎらわしいし、生きのび
力つく花弁と記憶のハリアリ島の虚に移り住んだ

ほりいたみ、ぬけめなくあさいベルの太鼓音と響きわたれ、トンつくと埋没した屋
形船の初音をきいて舞茸をあげた、浅草寺の厨房では洗濯板をすべったことがくれ
ていく夜明けに

しろい井戸に垂れた縄紐をすりきれて、木枯しにゆがんだこと、想いだすことな
どなかった

ばらけた星の組み合わせが取りのこされ、いまもいたむ、すてられた想いに似てる
から

褪せにぬれそぼる早馬の腋臭をかぐ不気味な鼻はきりおとせない、さざめく鎖骨と

胸の高鳴りを魑魅にきく、よがりむせぶ子猫のつぶやきはモズの囀りに魅いる

あらたまればむげに極厚のシャーレにおかれ、にじみでる書字の郭の怖れという
玻璃の不安格子の暗がりは、すがたを消してかんねんのひまくをやぶり獣に還り
うたへ、透明な樹脂の縛り目をすかし、通せ

鯰

鯰がおちこちめしいしアクアポリスの槽
紫煙をたく密室のラッセンブルーに
覗かれた貌はよそにわすれられ

柑橘系のほのかをまとうたれかにわたし
おおきなリズムにのりうつる
ほどほどにみをよせうごきすぎないよう

言をもちくずす野蛮はかたりあいにふうじ
たちさらないことをうきひとの是とする
いきぐるしさは数分のあいだにおとされる

密封からするりとぬけ無にもどり
まなざしからほどけた顔はあからむか

雨後にべとつくむくろの首際は
しせいにたりずおもいとりをさらす
さめてもあつくるしいことのほか

忘失の喪失

むらぐ沃土にひねもす、みずから浮草が逸れていく
内言もなくたちあがるいのちの絆に
肯綮の糸を裂かれた血しぶきは銀杏の手に（罪科をきざめ
萎れた椎の葉脈に眇めをかざせば
しずまりかえる冥府へ　空の窖蔵がばらされてしまうから、
ふきこむ風が郷土の傷痕をさらう高原へきえていく
徴のない砂漠をめざすために

毒蛇が碧い恥毛のゆらぎに　眠れる王女を魅入るなら
足首にまといつく瘡蓋の罅の懐に亀裂をさしむけ
もえるゆうぐれを黒汁に煽るだろう、
墜ちていく波の閃光がきりさくゆーのくらがりへ

藁装束の喪をゆずりわたすまぎわに（ここはまださむいけれど
棺の揺籃にふせる白無垢がたくらむ（姉のかぼそい息はやわらかに
はぐれた驟雨に意気阻喪する綿あめをこがしているのは
ながれはじめる賞味期限切れの異物のくだけたさすらいか、
交差婚を焼き尽くす遺伝子の細流を生の場面の切り口として
形から形へ動揺していく　すれた自虐のしわざといいはるのでしょう

ウロボロスの竜が世界を再開するとき、レシの螺子は、
えらべない鼻面にはりついた貌の疲れをきりぬけると
半減期をすりへっていくミラーボールの回転を
幾重にも鰻を象る燃料棒の群れる暴走劇に、
すぎさっていくたゆたいのしろい山肌を抉り　嘗め尽くす
鼠色の結構を呪いころしたくて　えぐられた爪の左縁をかくしとおすものです、
となりにずらされた突起が居場所をさし（膝の稜線にそってしたがえばいい、
そのようにとらぬ狸がむなさわぐ、といいつたえられたのです

画布におどる物証のなめらかさにくらべれば
うちにこもるつれあいの下妻に三つ巴をなやみ
いっきに急所がへたる鬼子地蔵の袴にのって
秤という権にひもがつく（針がけっかんを吸着したまま　ぜにのすえは
平手で頬をくすぐり　ひきうすの情感がくらひ
書字のないくみなおしにはじかんがかかる、
与えられるからこの課題の解答には真ん中が抜けた（ちゅうしんはどこにもあり
地獄絵図の円の重なりを義人と聖人が描いていくのです

（かぞえればいいのに、騙られたヒルメの尊に燎原の火をにわかにいれた
基盤の欠けた銅鐸にうつる　やおらともしび（神人には無縁のイリヤがいる
いきづまっていく数式の暗渠をひろがり
鎹の友にうたれたかいなを（夜明けのひだちを宙吊りに
からまった左まんじをハプスブルクの家系図と差違え
ひきこもっていた朗誦の裏声にかくれた積読のこごりがほぐれてくる

宇の宙からみれば類人と猿人がかみひとえに
パパママをよぶ大時計の足音が廊をすさりゆく
みうしなった誠の格物は頭脳をのがれはみだす
塊状に潜入し行方ははかりかねない、
だからまぬがれないうつろの隠居には自然のひかりを襤褸のそでにかえし
すすけた写真を炭坑節にうたいかたるしうえつくのだろう、
ねばったぶん頑強に長々まったく
無えと声をはらすばかり
ゆるしをこい、
遊楽の逃走線へおのずから
変形五七音をみずから（てばなれがわるいから
偏平足はゆくりなく床板にたたずんでいる

跳べ

ちのマットレスにめりこみ（選択と集中はやわらかに
父に追われ橋桁につるす落度なら
海辺でしもぶれる鱶を
頸つりにして干しておくのがいい

跳べ

獣の多くを人工連結車両につなげ、
実験ならリボ核酸に腐蝕する
向日葵の種をかみつぶしながら
指さしはこことそちらをゆれる
にわか笑いの夏（裸木の彫刻を亡くした
擬古的触手をこまねく関の山がおもいうかぶ

寂寥

しんやをわかつ舌頭の不通は
ただころしあう寂の音叉
棒をのむかわりむにこたえ
須臾をはなちそくざにとう
かたことでなくよどみない
まくしたてるうなてのふかさ
ながれるままくちにかえり
あふれるままなきをあやつり
堰をこわしよきょうがくいちらす
渺渺とさざめきたつよるの湖面におもいはあるか
たゆんだおとがいはうつろをはむ

眼をとおし書斎机をもたすかいなに
ひらきかけのノートをよるしぐさと
すすまないうたのこえがめづまる
くらやみをはいかいするなをよびとめ
かきつくよりょくかたにしずめ
しろかみのよれるしわのねをいきていた
かえすがえすひとりぐちとしりょうは
おのもおのもしてきにとどまり
とおさをはかる名技をしぬふりにこめる

隠口

だんだんばだけのさきに脚立がくまれている、なんだかおかしく近づいてみるとふつうの梯子、ではない、とおくからぼんやりながめているうちには、だんだんばだけからはえたのっぽな正体不明、とてつもない謎、とかジャックと豆の木などがおもいうかんだが、それはありえないので眼をこらしていた

都心から鉄道とバスを乗り継ぎ半日がかりでたどりついた、自称避暑地への道程なかばガタついた足腰を叱咤激励しながら、小虫がまとわりつく鬱蒼とした草木からぬけた空き地の斜面にしょうもうしたあたまをはたらかせ、小休止の弱気にまけゆうわくされたのだ

暑かった　のだろう、リユックが肩にくいこみ両手もふさがっていたから、汗をぬぐうしぐさはからまわりした、うっとうしい苦しさをそのままそとにほうりなげた

かった

だんだんばたけのはじまりをよこぎっていく
畦道はまた背高く生い茂る白樺のさきにきえいっている、ひんやり感がかぼそく肌をさす

西陽がさしこむ空き地は巨大ないきものの地肌をなみうち、もうろうのかんがえで
注意をむければむけるほど手元のげんじつみはうすれて、あたまがうきあがるとい
しきはこんだくしていく、熱中症か

もういっぽもあるけない、どうたいをあやつる糸がぷっつりきれその場からうごけ
なくなる、湯だった蜃気楼を視線のけはいがただようばかりに

いったいなんなんだろう、ついぼやきぐちに脚立がなにものかあばかれないままと
にかく木立へあざとくたましいはひきよせられる、

独り言ちが澄みわたり

こんな夢をめざめるまでみているのか、
連れあいの気配に怯えながら
こんどは寝返りうった

Q

玄界灘の水雲（みたいな
高みに窪みそびえふるる
いしまの深みをねばる
ベビーのオウラにくるむ
空は途方をくれている

みたことか
どんな未成句にも
なにかいいたげな、徒なる
地口でもない（俺の外履きでもない
ほんとうはくるしいのに（たのしそうに
合言葉はありのまま空気をみたしてくる

時間をつぶす時間はかわいそう
って寝言で猫はきいている
（ゆめとみるみるはかなくも
ねむたくなるまで気持ちがふくらんで
夢のつづきは支離滅裂らしく、おぼえない

いいことがあったらつかいきる
無言が融通をきかせてあげよう
どきっとするタイミングで
ひねりだすなつかい音色だから
消えいるる、るるるるるるるが
かなしくやわで耳にのこる

屋根が沈んだ放心状態で

深海か天空をって
二択を迫るげんじつは
ホックがへったぶん調教に向かない、
ねむたくなるほど羊をかぞえた
不愉快を追い払うには
エアコンを強に打つ
ききわけない伸びたリモコンで
嗅ぎ分ける粘土細工の鼻は
けしてピノッキオをだまらせはしない

へしおられた給食の完食も
トレイに癒着した蝦蟇の油
性的にはすこしおくれて
夢でもてあます
絵の具のケイタリングがながれだし

穢土にまぜ、靴擦れのめくれを
Qはぐるぐる廻りだす

病離

あとずさる、ぶきみなくさりに
からまりをそぐみぶりだから
いくじないいなみだなどとどかない

ガラスごしにたつ首人形のみたては
客をもてなせた安堵のしずけさをたたえ
われと純粋のきれめをひきうけていた

それがゆらめきのあいさつにめをたて
こわごわかわすあまりがほおつたい
くもりめがねだけあつもののいきばは

このかたわらでなきくずれる赤貌が
車窓にはえ二無のうからをけしさる
みていられないきてつにわづらうか

眼がなにごとかであるまえ
むつみあいをたたれ凧のからむさきに
瑕疵をよこたえる沃土はなにものかであったか

窯

それは左回りだった、うらがえるからだを
よしなやてざわりの理法にやすくなつく、
せりだすそうごんを斜視でみおくりながら
くりだすちいさな合図を肩でおくりかえす

水のテキストによまれる人手の写しは
漣むゆれにはずれたおもいの糸をよせ、
よる所作のいとはなにかがながれにまけた
きずをさくとどめを水流のまえにとめる

転がりでるみらいをつぶさに瞳につげる、
経年をみはからいかぞえあげる動脈の創に

舌のしこりを舌先でたどりつもどす記憶を
どっどっど、しむけた夜にたむけもてあそぶ

しにいそぐうちらのしにといつめる俳優の、
やられてしまえ、しまえば腹のけぶりをのむ
後手をあげればあげくのはてに、石がたつ
縄文字のくだけにふむよう結びはよじれ
手足をしわぐヒルメのおどろく貌がダブり
とじてひらく窯のくちを土の汗がはう

無口

居間から咲容がこぼれ
くつろぎのさなかに
サクサクむしゃる
スナックのかけらは
塵芥になりさがるだろう

月明かりがさしこむ
寝息の対位法があかるむころ
手弱女の百舌がさえずりだす、
眇めの女児が両手をなげだす
ころあいをみはからって
男は夜の隙間風に身をのりだし

でていく

しろい羽がみじかい生をうけ
よろけた軌道をこわごわふるえる
折り返し点で気をいれられるのが
腹にはこたえていて
ながつづきしない空の笑顔が
くもりがちによそみした

地面であわてるシューズの紐を
物干しざおにからめる
一閃のタオルケットがはためき
颪は羽のふるえにきづいただろうか
つかのまのいこいがしぼむとき
無風の颪はむくちな家屋をやりすごす

あたりはしずまってくらい
夜風にあたりながらペダルをこぐ
圃土のあぜ道はまだぬかるんで
車輪にまとうおもさがこたえる
鳥の声がねしずまったまま
よびかけてくる

ゆー

眼をすますと
名前が呼ばれる
院内にひびく金属音と
歩み寄りが殺がれ
貌をみうしなう、
義父だ
胸がつまり
孔がうがたれ
からっぽに
ふやけていく

ぬれたひかりに

よみとられる
わかれの絆と
ふりほどきたい
背筋をのばすためらいが
脳漿の窪地をつきかえし
しろいあなぐらに
ひきこもるのでした

おしだまった
待合室のひとみを
窮屈そうに
片割れの椅子が
まちぼうけている

からびた喉を

ひっくりかえる
聲だった
よみとられるため
しぼりとられた

白夜に召喚される
刑吏ふうのかげろうが
ジェラルミンの
落し格子をおそい
眩む
夢をみて
いるような
白衣の水無川を
触手がまねく、
何度も名前が

呼ばれたこと

さすらいの彼方では
おもいうかべていた、
ここから空はみえない

風になびかれ
砂利道の感触をあてに
茫洋にふける
未来で
足はとまる

しずかにさわめく
ホワイトノイズの渦中を
おざなりにたえた、

名前とともに溺れていた
この影はびくともしない

選択の角地では
待ちたくもない、
風前の灯をつれて
時間がとおりすぎる

夏でもひんやりと
タイル地に反る
つめたい震えだった

さめきらないうちに
さえずりはじめた
手をあてる

余地もなく

ぬけた空洞がやおら
あきらめにしぼみ
呼ばれる聲に
また耳がたつ、
生きのびる
百舌の眼は
およぎつづけた

久遠

れいれいしく砂利ふむ白足袋を
穢れおびていく偉さが
ものほしげな陳情の行路にかさなり
道をあやまつくぼみにてりはえ
からかぜがあたりをすなどり
しろむくの腑実をぬきさっていく

ひかりのつぶにすがたをかえ隙を
かぶりものがしずしずとおらびゆき
循環バスのあしどりをまねかえりつく

三和土でかがみつぶれた虫の汁は

にくにくしい白髪をたばねはじく
しわがれた止金をゆるせなくはう

がけっぷちに暗澹のまくをはり
よそみのしまらに蝙蝠がきる直滑降に
せすじのちぢむ窃視をかどふ

むすめの手をひくあゆみはつまりがちに
帰路をいといふりはらう見送るきづよさが
肝をえぐる怜悧な久遠をひらめいた

中記

中有

ほむらのかたをとおりこぐと
のびあがるかいなをくぐり
冷雹がふる葉裏にこもる、
ほのかにさもしさあり
きのうぶたれた左ひざが
軟のほねをきらしびくついているか
凝りのように
ごろごろなるできものの
つぶれた木綿はんかちーふは
苺いろにはえるのをきらっている

うかつだった花片のよそみをすかす

視線のやりばがなえていくのが
しょうきょうをみのがした咎で
あたまごなしに幹の双刃はわれる

あなたはもらす、
とるにたらなかった自害ゆえ、
おもいわずらううただしのあそびが
ちからあることばの業師にしては
いきちがいみまちがいのたわむれがすぎた、
と

竹箸をそでさきでこするまねごとが
くちばしを水草であらうみぶりとは
なんのかんけいもありはしないことなども
啄木鳥の脚力におよばないらしい、

わかりきった葉のかざむきをあてることと
枝が風のゆくえになびいてしまう賭けとを
てのひらではなく若芽がひらく力として

とどいてもとどかない
さわれなしにのむことが
しのびいる黙祷であることなのか
それがうすでの手袋であって
なにをかんじいりなくのか

ちりぎわの華の匂いには
ひとの折口をさやりながら
うつくしくおちていくかぎりの
中有へのぞむ
こころなしの姿容がはえる

逃避行

さいなむいとぐちほどどこにもあり
北極にほうりなげ指環のありかもはかない
ぎんのアルミらしいかわりやすさ

冬のちかい電線がかこう枯野のしついを
しりぬいて伝染した逃避行からが刃物で
たまのぬけたシルエットだけおもいあて

仮宿の駅舎にいきあたり
鉄くずのアマヅラにつめよられ厩舎にすてた
孤老のファミリアがほうける墓石をあとに

稲穂のかげとさしかぜがはぐらかす
つばひのけはいは夏にきえた
郷関にあてつけしっそうした後追にせかれ

残照をぬぐいはらうあねの焦燥におくれ
しんだふりの椿象がしじゅうをたてる
ゆうぐれの烏はみむきもしない

うすい夜闇のふくろをつむぐ城跡に
棒針の縫目をはじき黒猫のきをあて
しまいのあわいがしんくうになぞる

からみいる蔦族の
ヒエラルヒーはそとにしたぐまれ
あいだをつくろう行商のせがたおれた

耳

耳だけのこった
笑いだけきえない
なみうつシワの残像が
存在したことにふれている、
寿命をしらせる蛍光灯の
つきまとう警告音が
気がつくときえない
だれにもおこる
ひとみのおそれ

権柄ずくであふれた
髭をくすぐり

しろいものがわずかにゆれる、
サスケの耳立ちに似てもにつかない
侏儒の纏足にあどけなさが
むなげをかきむしるから
病をせまってくる
うすい頭髪の
へこんではこまる
この子のひとみは
それをしらない

どこにでもついてきた
やまの合宿や演劇の舞台に
うみの浅瀬でしがみついて
はなれようとしない
いのちのちからを

おもいしらされた、
まだつきないこの鼓動が
ねむりつくときさっと
笑いはきえるのだろう

なにかにつかれ気をもんで
やまないはつごのつらなりは
喃語でないもの
みをくるむひとりごと
自動機械のそれらしい
乳酸の稠密ぐあいによって
幕間のとうめいな緞帳は
知行をしいることわりのおもしを
幕間ごとよぶんにのばし
すきとおった闇のくらさを

耳はかんじやすい

そよぐ稲穂のささめきに
およいだ眼が点をむすぶ
でいねいのまろびと
ゆびさきにまといつく
みずの怜悧が
胸骨をつたい
耳なしにこがれてくる

夢の異端

しらずしらす裂開のうみはだれかの胸座がうずいてうとましい、身をもちあげる湾曲の反りかえりに無窮の空は、自ずからつつましい天の道に虚飾の兆しを雨でぬらす、偶さかとおりすぎるナイトメアを釘付け、光りもれでる天使が差し出す無性の蕊は、レム睡眠の縁外にウロボロスの蛹を孕ませる

ゆくりなく風とふく太虚の無為は、この腐りかけた集団の爛熟度をはかり、かろうじて無軌道にたつあの世の圏外に煉獄を囲う魔王の赤黒さは、死にものぐるいで人のあいだを堰きとめる、修羅になりすます

葛の根にわりこんでくる、焼土から襤褸の袖にたれこむフリル擬きが見栄だから目頭をこわばらせる、分かちあいをそらす眼の貌で玉結びをいたがっているけれど、傍目にはまぼろしい遠近法の奥義をおぼえた、館の柱時計に秒針の引きこもる愚か

しさを短い溜息によみとらせる、きしみ鳴り背筋がぞくっと騒ぎたてる書庫のきっかけが動物図鑑の最終頁でめくれ、黒い蝶は破綻したのです

潰れた拇指のみぞをこすると、おもいがけず中庭で涸木の内気をすかしみる、艶と腐れが出会ってしまう慄きがはげまされ、生まれてから眷属ばかり恃んだ我執のなれそめに幽閉されたパラな気分の儘、いいわけをくりかえし、つながらない過去との無理を絆に、といかけもせず、充血した眼の奥からみはる燃え滾る緋文字のAを剥ぎとってこの胸に奪い返そうと、旅路の館主は帰り際の未明に、それらしく姿が見えかくれる敵をさそいだす、戦場の過程にそだっていく

わかりあえない心のとろさを尊び、声として発する蟠りのうすい畦道をいく、こころもち罪を流謫の涯へ生きるちからはすぼみがちだから、なじんだ死装束への拝謁を百年まちつづけ、それだけに延髄のゲシュタルトをおぼえた、あえて愚禿にはことわりなく、ただ空いているベンチの板膜に亀裂の文字をきざむのでした

ものがたりでは過酷な有限の宙づりをゆびさし、山人を伝承の真空地帯にふうじてみても、とげとげしく袖口に生える雑草の長首が地面によこたわっていくのが人科のあいだをさぐりあう紐のちらばり具合を横目に、静かなざわつきと想いがうかんでくる

しらないだれかにふみこまれたこの二足のいたみや、うつくしのみやまえにわかたれたくさみや、金の閂をくすねた公民の面のしを二格の私がほろびていく

降ってくるせかいといっしょに、夢中でちらばるうたぐりあいをうたげの連歌がかすめとる、耳そらしをうとみ、ゆがみきった共にの回線につながれていく波紋に紙の裳はぬれそぼる、その波頭から全開した書記の筆さばきににじみ、現れたふたりが霞んでみえるのは、重なりあうモーセをひらく海原に一筋の斜光が、うっさりわれた貝藻と腐乱とがよびさますいんらんとせつがいをきそう愚図な魔王の匣に収

まっていく

ほおーいほーいゆめみる槿の橋脚、Kを、とおざかった騒音を落下するよ、その束の間にYをつれさり二重線を抜きとっていこう

どこか恩寵公園の蓮池に濁ってくさむ水下には、かたむく枯葉の血と、手癖のわるいマナのぬけた星空をみつめ鬼神さまの、ぼけっと問質された領空権をめぐり空中戦をぬっていく不気味な羽音をつらね、赤くひかるガラスの大群が俯瞰され捲れたコンクリートのじつぞんを探りあてるだろうか、ここはドレスデンではない、地中にはあながち宿る無のしのふりなのに

なだめすかす知育の弾機、法螺貝をながしめ、やたら刃がかするしかしりと知りつくされた本性をあらわすあそびに、愉快と退屈しのぎをまなび、いくとせがとかく墨の掘割に連座すれば、閨に褥でふしまろぶ養女のふくろはぎをはむ、妹との断絶をしいた浮き藻の旅につかれていたかもしれない

どうかお寿司をどうか祖母の龕をひたにおがみたおす日々がきみまろと、枕にしずみこむ帆柱の屹りと啄木鳥の連呼のうたへ　むたへと　まどろむ光と闇の視線がまじわる制空権ではない成層圏との境でひらく国是の不安を蒼黒い鏡の外に映しだす、闇をおそれ岩屋にうちこもり、こぎだす舳先の先端には明日の糧をかきあつめ、それはあたたかな南島をさしているのだから

とどいた裏通りの勝手口をあらかじめゆるめ、トンネルをぬけ雪国にまいちるアミノ酸化合物の炎上よ、過去と溶けだすいつか、くまなくはしりだれでもない肩身の狭さでこの寒さをかたってほしい

象られたふる雨と雫と霰と雹と霞と霧と雨と業と渓流から清流へ　イオン溜りからなりたちの河へ　渚と水際の沖へ

風に嬲られた餅雲は地平の箍さき塵の水ふくあらわれの感じにくるまれた、ぬくい

陽だまりのくらさは瞳の木目のように、ひろがる孔蔵のアクセントを腫れあがって下顎がうらぎりずれた、ビー玉を二個くりぬかれた眼と灰土にむせぶ夢をみうしなっていくようでした

滞留Ⅱ

うつつにめざめて獄にいる
落とし格子のさきに息をひそめた刑吏が
ひとやすむ須臾のあわいに
怒りをおびるものなどまだいない

絶語のすきをねらいわたる舟師たちは
榛の幹のあしもとにもおよばない

桑の実をゆらぎながら
画鋲をとめるしぐさにほれたとしても
腐乱肢体をまたぎこしていく
湖畔のかおつきはどこか

無表情に黝い

喧噪をかけぬけつかれさめた
とどかない木ぎれの影に
無謀なことわりの三途を指さしたまま
背をむけ澄んだ鼓笛に耳をすます

よだかが宙をまがるきわには
手斧をもった声がきりかかり
饐えた臓腑の臭みをくわえて
耳奥にきえていく

とくべつなことなどない
じゅういつが湖面をゆらし
死水からわきだすヘドロのあぶくは

ひくくはじけた嗚咽をなづけ
うなじのふかさがうめられていく
くりかえしあらわれる既視のじかんを
ゆれる湖面ははかりかねている

力の均衡をそよぐ
水路にひそんだ毒素のアンニュイを
といかけるものはういた桑の柄へうつる、
いだかれたままましんでくれ
ぶつぶつざわめくつぶやきの
腑実はカラでかんじょうがない
となえるたびにしくじるのが
人屋の融即を結わえるむちの無

雨

とっぷうさながら
なごみの雨がふりはじめる
どうして（どうしても
むすめたちがにげまどう
きたかぜがはりこむ街路の死角で
新調のフリルをうばいあう
おしゃれな街並でこづきあっていた
きおくのせきにんをとるために
どこかボタンのかけちがいが
あったかもしれない
あめのようにかぜがふきはじめた
これがただしいと

だれかがかんがえるだろう、
王蟲が小山になるころ
よきしなかった豪雨にうたれ
きっとことばにせいさいをまぶす

どんなわけがあって
せまい領の野で
狩人がもりをさまようとき
鵜のくちさきがあけたわずかに
蔦族がからみいる
こえのする隙間に
とっさにかくれようと、
スコールのながおとがなりやまない
腐海におおわれ
午後の驟雨になりかわろうと

さかだちするすがたがあられない
逃亡兵のかたい杖を
銃眼についたどろをはね
一昼夜かふりまわしている

わたしがもいだ片腕が
雷雨につよい大木のみきを
身内でたえているのが
どこか大地のかたぐるしさに
にせられるから
あちこち
アトランダムにほられた
方形のひつぎに
まちですてた生活苦を副葬する
(せいかつくはもやせない

ぬれたフリンジが水槽をただよう
すんだくもりぞらが
瘴気をはらう
ひとつぶの雫、
かぜにのったメーヴェがふらせた
堅土のねばり
ふりしきる
体液の壁、
田圃の
亀裂と
歯黒の
ひとぬりの
痣がいく
ほのお

気圧

ほおーうぃ入道雲よ
だぶついたまま俎板に反るかい
まぶたは蹌踉ぎみだにゃ、
ためらいがちにメスは
墨をひいていく
気圧のメモリは下僕、
ふくろはぎの静脈にひそんでも
青筋がたって
うごいていくんだ

三半器管には荷がおもく
両手でふさぐ肘がもたない、

そういうのが苦手と
ヘッドホンは音にあふれて
にくんでからじゃあ、遅いね
ほっぺたをつねるいきおいで
上目遣いにヒートアップして
テーブルをこするまねじゃあ

店をでたあとは
路上生活者のスリッパにはきかえて
きままにぶらつくのがすきです、
お天とうさんの雲行きが
よろしくないのは
だれのせいでもない
もくもくっとのさばって
ペットボトルを蹴飛ばし

テールをふりほどく

ほうむられる柑橘系の酸味が
空にひろがって涙目になる
地球の瞳は青息吐息に
くもがかったから、
横線をひいた白道から
星がふってくる、
あとにはなにも
塵ひとつのこらないのに

穿山甲

はじまりはわかれ道、
一打ちでほとばしる
馬たちの喉音が
野鳥の群声にまけて
その交わりの秘密を合図に
風か光かが
潜りぬけるように爆ぜる、
それはどこまでも一つの音源だが
一人の男ではない
また鳥たちにしても

旅立ちは過酷な度数を孕みつづける

それぞれの時間だった、
おぼつかない歩みはわすれ
周縁にただよう
蜃気楼をあてに
ぬれた舗装路の
近めには
歪んでうねる波動がとだえる、
片時のためいきをきる
スケープゴートの
躰の緩みやふたしかな不安が
喉の亀裂にさしこみ
それぞれの器官は
嫋嫋しく呟き創め
黒ずみ澱んだ沈黙への
プロムナードを奏でる、

蝋のように青ざめて
離人という習癖が
身にしみついてしまったのでしょう

　たとえばゴッホの色彩の果てを
眼から脳の奥処へ、
やおら忍びよる靴音につけられ
迷路の入り口に立たされている、
ピンときた絵具の混ざり具合は
ひめられてはいても決められない
ぼやけた道の跡だから、
誰もがあるスタート地点で
どちらかは選ばれない
どちらも選ばないことが
ちっとも勇気ある選択だとは、

はじめから作家は匙を投げている
緑と黄色に隠された
幹の生際に空白として
ほおっておかれた
嬰児の夢が
聞こえてくるはずでした

　葉擦れの音が僕の樹をそそる
春なのか秋なのかはわからず、
気がつけば焦げた樹皮の壁を
絵筆がなぞっている、
ぞっとする誰かが命令する
怒号も聞きわけられない、
つったったまま告白を聞きそびれる
浮遊者のそれなのでしょうか

絶筆していた、だからといって一歩も踏み出せないことがあるんだろうか、焼かれた物語の誰かがぶっつかってくる、突風には背中と脇腹を狙い撃ちされ、アラーム音に掻き消され、急かされて、災厄が通過する、樋を引きちぎられスレートを引き剥がしてでも、
陽が射しはじめるころには
わりあてられた歯車を回す、
恐怖に固まっていた人形の歩みをとぎらせないよう、どこか動かせないハードディスクに保存しよう、
それに応えられるなら
果敢にモズクの外へ
じぶんを消しこんで
筆跡のモザイクを発明しよう
ともがきもしたでしょう

石器と言いつづける石タチの暗黙のルールは、輪郭のあるルーレットには賭けら
れない、ましてロシアンルーレットには妥当な感性を認められない、夜景に裏をと
り、年輪のトラウマから自由になるなどできっこないとしても、土砂崩れに嬲られ
た肉体のように力をそがれ、
知行をささげた
偶然の痛打にかなしみの穴が
風に飛ぶタンポポを追いかける

郭公が鳴く樹の傍では
森は髪をふりみだし
一切の静寂をゆるすまい、
空缶をけとばし
そそくさとゴミ収集車をまつ
ポリバケツに身をひそめる、

隠れん坊の鬼は現れず
回収されていく生臭い体が
森に降るころ、
指切りを切ったっきり
戻らない知恵の輪のように
バラされた一本の染色体が
過疎化のすすんだ邑で
除籍されたのです

胸苦しさや疼痛がつかれたころ
風は太郎や次郎の屋根を
ふきさらっていった、
深々とつもる大雪のさなか
藁葺のかほそい波が漣たち
生きた心地さえしない夜は明けかかる、

母の薄夢が靄がかってみえない
振り払ってしまえるほど
躰は不自由には遠く
折れた柄杓に
襤褸を巻いていた姿が
金属疲労をきたし
革靴の履けない指
理由もなく発疹が増殖する
すべての身体が
元にもどるのでしょうか

　夕闇の理性にはわかりっこない、
カムチョンドンムナマウルの坂道を
登りきった旧家屋の軒先から
見下ろすカラフルな家並みは

西日に照りかえされ
身をひそめて暮らした鬱憤を晴らす
精悍な表情を曇らせている、
　もしかしたら
地の黒さを隠し通すため
遠国に垂れるオーロラの流線が
人生には知る術のない
劇場型の背景のように
微細な自然の移ろいと言えてしまう、
固より粗雑な言語観は
それでも長い修練を経
とぎすまされたパズルワーク、
すくなくとも透明な高感度に
禍々しく立っていられるのですから

夢の重苦しさを振り払う
それだけ傷跡をみせない
村のパノラマが清々しかった
んだろうが、
身を擲ちたい誘惑の古さに
湿っぽい土や草や樹
生き物たちが毒薬を撒いて、
母のくれた壊れたハンマーや定規に
いつか息吹が蘇る
そう信じてもいいのでしょうか

　カフェの片隅で愚痴りあった
何気ない凝りのように、
上気したサポーターの一人に

頸をしめられたブルーグレイ色の
眼の男が妻の
白と青の雲紋がかった瞳に
よどみなくおやすみという仏語が
モズの口先で味気なく
カサコソと擦れ
裸体を象りそこねた
音素の亡霊として、
辺りを徘徊したうわさが
見間違えた白昼夢に似せられ
スタイリッシュに磨かれた
無国籍風なミュートスに唆される、
時差のせいで
どこぞのシャーマンの仮面を
召喚することもあるでしょう

マンホールのぬけた地下道では
こんなに人が溢れ
タイミングを逃し走りつづける、
ぶつかりあうこともないのに
地上の交差路では
ヴァーチャルなフィクションが
先を争って割りこんできます

　ランデブー中のかげろうが
ひきつってみえるのは
変哲のない冥府への道行きを
ぶらつく前触れなのでしょう、
熱帯雨林でのキャンプ地にいた
生前の思い出が

文字をもたない人の
眼の輝きに似せらて
モノクロのタブローに居座っている

　鳥たちが警告する樹の幹で
アリクイは丸まって微動だにしない、
また鳥たちが地面に落ちた
人の分身の欠片を啄んでいるのを
ぼんやりみおろす今
一人の男の声が群れをなし
晴天を横溢する
膨れた空がみつめている、
シャッター音にきづかない
窓のないあなたと同じ夢をみている

傾性

はじまりはちらばり
自虐につきすすむ
ちいさな悪魔小僧が
インヴィジブルに
草むらを徘徊していた

野鳩のくぐもる喉音が近づいて
くる秋に咲けないマリーゴールドを
おどろに悔みながらすすり哭く

聾からけがたちひとむ、
泥道を馬がくだっていく

蹄のおののきは鬣をしらない、
どのみち逆爪がひろう
ざんばら頭の株だ

まろびちった糞泥が
コロコロ鳴りくだり
水際にはえるしろいえくぼが
馬のステップをくるわしている

感情の記憶、ざわつきはじめると
男女の民族の白と黒の交代浴は
クリスタルにひかる
クラインの壺にもぐりそこねる

ぬけだす出口の交差点で

信号音をうろうろ
ききのがしている、
暴かれた裸身はみにくい
王様

（黄色に変換されてきづく
キャラメル色がにあう
嘔吐寸前のキャラなのか

穿鑿のやぶからぬけだせない
あちこちでくっくーの喉音がちかづいて
いまにもだれかとでくわすに
胸肉のうすい羽毛をふるえている

（元の巣へかえれよ、

ひそかにながれる涙の窪地を
皮膚にしいる波立のちからが
くるえてこわい
私をさばくため

むきあう顔と面は
むさぼりくう眼の色をさぐれない、
《パラのように風がふき
草色の雫がとりもつ刹那のとけあいは
風のざわつきにおちつかないし、
パラパラがにぎわった角地では
ふくろはぎにおしきせる重力の溝に
おちこむほどめまいがやどる

（無理がたたったんだ、

みずみずしい葉身がほそり
けなげにからむ指間がいたい、
しの間口をあける

かこの

太陽活動が黒点にせまり
ふれあう白眉をきそう
銀色の箱からもれでてくる
木のにおいが朱色ににじむ
つかれきって蒼ざめるガイアに
とどめの一撃をほのめかす、
水面をすべっていた
あえない小枝と幹のわかれをそぎ
触感をふりきるたわむれの風に
またひとひらがこぼれる
食卓にはえる檸檬へのおくりもの
（でもね　木漏れ日が

ふっといたみだす
鉄の（（鉛の
錘がおりてくる、
アラニンを多量に摂取しても
いつか気づいたら
おおきな岩があらわれる
たかいたかい樹木の根元で
あなたが背負った
手首のこわれも
はなせる口になる
かたく信じ根付く
樹液のしつこさが
まだ指腹にのこってはいても
にくたらしいにんげんの
むやみな声や息づかいは

擬星の雑踏ににげこんで
速さをうしなっていく
(たとえば西池袋で
ぽつねんとたたずんでるから
しぼんだ傘をひらいた
からだがほそながくちぢこまる
四角いひかりの窓がみおろして
ちいさくうつむいた、
すこしだけ
おもいだすとき
あたまをかかえてつぐんでいた
その口元がくやんでつむいだ
ことばのつづらを祟りだす
太古の祈祷者をまねた
岩のかたちがくずれ

縁台にたつとき
くらい闇の神話として
あなたはかたりはじめている

アルシーバム

綴れた襤褸にペンをはしらせ、宛先はどこにもある名札なのに、ねむらない涙は端末の溝をながれていく、庇はこぼれ光のアトリエにくらがりを詭計する、膨らませてならない配り先の身を縒れたリストには蕩ける飛魚が画布からはね、窓にたれて内身をうかがう監視カメラが筆先の雫に泡をふいて痙攣ている

カテーテルが通り過ぎ、瞼の力みが縮みと緩みの揺り戻しに思いきれない、自白のタイミングが記録されると、魚の心拍音が息んで膜間にきこえてくる、古里の長唄を連詩の円居に回らせ、粘土細工で捏ねた幼児期のアルバムに生きなやむ声のひとりびとを抓みあげ、鏡のうつろう絵筆のさきにささる石榴をかみちぎって乱れ踊る

しろいシルエットはペーパーナイフが犯したしらじらと卵の発光体へ、さしかけたページを栞がめぐる印字痕の裏にかくれた意図は薬箱とビニールポケットの作為

に気づきはじめる、一夜で東雲の霊気を吸い込んだ男の白夜は、空にかけた序列に
オーロラの色がステップを踏みながら森から掠めた氷霧を吐きだしている、共犯者
のふとっぱらな黙認だろうか

白髪の劣化は

この溝口を記念して
散るちはほそり
レクイエムとオンムネスをこねた
はすっぱな棒たちと
アウフタクトをはじめている

道行きをさした弓がそり
糸を引く延命への戦意は

線と面の齟齬に帰すという

瀬をはやみ
朴訥とはまるヴォケー館の
同居人の懐のふかみを

攀じ登る幽息は息たえだえに
佯狂の終期がはやまった
やさしい光にいざなう

鳥獣のめざめ　歔欷の穴に老爺を匿い

赭土を撒いて　純度の高い癒しはさりゆくしかない

飛び交う流氷の飛礫に化けてでも白皙のしたり貌がそぞろ歩く庶民の細路には、嘱目の貝殻たちがながれつく投壜の気ままで頑なな気概と出逢い、頬傷の刃にみかけは曇る、生温かい三日月にしらをきるムササビが吐き捨てた首のねじれたすれ違いと、こころもち奥歯で紋白蝶の花片を咥えて、朝には斑らの雑草をまたぎあるく、祝福をまぬがれた蒼のシルクハットは煩雑に生ける剣山と共に逃げていく

存在と灰の残り滓のよう亡者の影を舞い
ナーソランショ石碑をつむ　流民のすりかえがあり、柳川を孕む　初子の産声に
つぶやくおしゃべりの無辺はもっとひらかれろ、ころしあう孔におちた飢えが　い
まだ奇しき早とちりの口を緑茶で濯ぎ　芥でつまった鼻の意気を塞ぐ、鉄屑の面は
錆色にだれて土に戻れない

舞う舞う
石の礫に花をさかせ
玄武岩の祈りをみすかし

ことわりのよの閾を延べて
藍のようにからだは横たわっている

金の鉱脈には高低差を武器に、系族のおくりかえす数多膣からくりでる経んの子
へんとつるんだ森でかぶったぼうしの行方をしらず
だれにも開けたおぼろで言い負けない丘のあいだを覗き人を横目に通りすぎていく

文脈から脱落し、落語の謡うこころもちを山間にきく、みずから去る年に、年代記
がしるす水車の小箱をつきとめる、氷柱がきつく清冽なあなたの瞬きを身ずから鈍
らで退屈な見晴らしのそとでは、水子の霊が雨戸にしがみつく、手ごたえのない腐
蝕土の湯気におどろいてもいる

朝靄

階段を上っていく、紫の花壇

胡蝶蘭はいかが?
雑踏から冥界へ
配達記録は調整区域で足止め

靄がかる早朝
名前の消えかかった
キオスクを開く
穢らわしい月曜日
不躾で鈍く渇いた
シャッター音が構内に反響する、

急襲された眠気に宿る
モヤモヤはどこかへ祓われ
脳内細胞が右往左往する
濃密でバラバラな一瞬は
やがて下へ下へ

　足早に駆け上がっていく
様々な樹脂の音
タイミングを奪い合う
魔が射しこんだ集団の影
に紛れた今日の円い背筋が展びる

　硝子越しに頭を垂れる弱さ
幾本かの幹が枷ぐ、さやぎ
手招く白い小笠を被り

寄る辺ない花弁が凛と擦れ
頬を震わす

　薄暗い霧雨の日だ
鉢植えの重さに縋る
類族が慎ましく生える
四角い窓の部屋で、喧騒が遠のき
今か今か硝子越しに
飼い主の視線を窺っている

　霜立つ夜明け前に、活路を開く
豆腐屋の喇叭が高音を先取り
道端の凍えが白む、糸を引いて
移動販売に出かける

菓子パンの艶やかな表面を引き立てた
悴む手で小突かれた引き出しが
かぼそい悲鳴を上げる傍で
冷気を払って舞い降りた
嘴を舐める
群れを離れた椋鳥が
樹の匣にじっと見入り
小突いては透明な死臭を嗅いでいる

　手を叩き
縁を解く
生気が目覚めてくる、
遠慮はいらない

お気遣いなきよう、
明日がないわけでない
登りきった目の粗い地場で
水玉が映える
素面の平衡感覚を取り戻せるだろうか、
いやでも、実に四輪駆動の猛獣が唸り交互に疾走してくる
そのショックで
つかのまの視覚と聴覚を喪ったまま

後背の奥処も忘れ
青信号が点滅し始める、
開店前のカフェに屯する人影が
圧し合う戦いの紛いとして
湧きはじめている

人手が指先から消えて
チラッチラッと深爪が覗く
中背ほどの手形が真綿の壁際に赤茶けて
誤って陥没した空洞の先に触れ
季節はずれの凩が
人の眼に映らない、
ミクロサイズに沈んだ
塵の群れを巻き上げる

立ち働く人形の影がメニューと板挟みになって
チャートマニュアルからスムーズさを奪われている
だから胃袋も靠れ気味だ

ごめん、今日は寄れない
待ってられないよ、

毎日急かされてどつかれて急かされどうしで
せっかちなんだから、少しは分かってほしい
ボクの膵臓のトキメキを

階段を駆け上がる、蜜柑箱の上で
そして躓いた
蹌踉とも言う泥濘の
一輪車が背中を圧されて反対のくの字を曲がる

これってマジやばい、
朝時は俺が整理係だから
引き出しのスペースを区画整理するには
十字に組まれたパーテーションを幾通りも嵌め込めばいい、一段目と三段目には男物、二段目が女物、大小合わせて下段には共用の日用品を放り込んで、ヒラメ状に配置する、靴下とブリーフとショーツを交互に寄せてカラフルさを演出できれば上

出来だ

期日までに完了せよ、トの指令は絶対
トは多少の綻びには眼を瞑るから
トは念書を書かせて捺印は必須、
伝言メモには湿度と気温は欠かせないよう
トかメモリーオーバーしないよう
自分の体調をしっかり声に出して
希望額は訊きそびれないよう
あトあト面倒になるからなあ
汝が上やってこトもある
下剋上とか

視界を領す崖下にケータイを墜とした、
そんな気分はごめんだ

だから予め言っておこう
エスカレーターをひたすら走れ、
邪なレンズの餌食は曝し首に
踏み倒された礙を転移されるのが落、
馬の羈を手首に巻き振りながら
如何して鋼で妄りに頭首を吊る
今更立処は除かれ
疑いはハレナイ

静寂が掌る何もない、畏れるものは大空にも下辺にも、ただ大地の裏地が捲れあがって痙攣している
府分けられない靄が立ち込める夜の路地裏は不審な貨物自動車の巣窟だ、黒装束の強面な男たちが窮屈な縦列駐車を競い合っている
一房の雑草を横目に、高層マンションの住民は寝入ってしまったのか、息を顰め、

人影は斑で、空缶を引きずり、三々五々というかいつのまにか不審車は一台づつ消
えていった
たぶん夜明け前には

溜息まじりのかぼそい悲鳴が、ここにはいないはずの鵺の遠吠えのように薄暗い
都会がのそっと現れ、染みわたっていく、温い風
視えない乱世を覆蔵し濡れたアスファルト上を二輪車が颯爽と突進する
乳母車を押す妊婦の脇腹に、
マニュアルが冴える法の星座が閃き
無造作にそのひとつが選び取られる

老いたキャリーバッグの主が躓く
プラットフォームを這う点字板の腐れ方に
危険信号を読み取れなかったショルダーバッグの男の貌が黄色く灯り発熱する

それは未だあらざりしもの、
ゲリラ豪雨の去った土砂降りの道端でもがき続ける蚯蚓の踊子を生気に満ちた息緒
が晴天に誘う祝祭の前触れ
どこからか無為の矢が飛来し
胸を貫く、鳥の囀りは
P.S.の記憶から抜け出せない
朝靄を震わせるだけの
もっと重い出来事だったとしても
舞台が違っているのか

靄立ちのなか頭角を顕にした別のステージで
人は二足歩行で瞳を交しあうだろう
地と空がどんなに虚ろで、朧で、腐れて、どんなふうに
それで醒めてもいる
一人で、

熱い無垢なうらは何処へ
糊口の由来を訊ねてみる
今も、碁盤の網目を枷として握りしめ
悶えがちなことばの裏道を当に地下壕の防水壁にがなり立てる、鉄扉を叩いては、
解けたビーズがあられもなく散らばり気ままに跳ねる後を下りていく

恵

彼はやんでいた
水たまりがちぢんだ
ぬれそぼる黒い地が
いまもうずいている

ブリキや
ディスクや
アルミや

無音の針が順う
まるみをおびて
仰ぐとするどい

切先にみえた

ブリキを
デイスクを
アルミを

トタンにあたる
ちぎれた思いが
水のうからを怺え
涙目がたゆたう

彼はやんでいる
浩瀚な裏をうち
運気をよんでくる
大人のアウラに

褪せたランドサットの瞳に
彼のしぐさはうつらない
喜怒哀楽も無色に
ひっそりただよう

湖面をゆらす朽ち葉の
アルミやじゅしや
彼を仰ぎ
もののけがはしる

街の細路をぬい
御御足がすすまない
面格子をさす
人影が背をおしている

この子ったら
いつだと覚える
秋に泣くんだろう
恋の初心者らしく

湊がゆれるばかり
水っけととけて
クシャミにすくわれる
お仕置きの音

あしなえて
膝をくずしかけ
跛のかたちがこごる
芯をうつ彼の容赦は

葛の花をおこす
雫の詵、
額におちて
すべる地の鎮まり、
澪はきえた

滞留

北へむかったという
どのくらい歩いたのか
よりそう瘤の稜線にそってみはるかす
おおどかな山々の身ぶりを
しらふの寓意と錯誤した、
旋る時節の折り目は
ふいにとらえる
銹色のぎこちない本能の直感で
不明なざわつきを垣間みる
たまさかの明と闇の輪郭をいかに
ぬすまれた八咫鏡とを見うしなうまい
見えるがまま見られるがままに

ことなりは惝怳とおぼしく
足下はたゆまずゆらぎつづけるのだから
この世への背信をたてた
うつろ船にのって
遭難者としても
うつつにみすごしてしまった

黄葉掌をふみあって
松や樟の小径をとおりぬけた
あの世へのそこひはふかく
むやみに開口部をまさぐってみても
無にさらされる、
石畳からはえる
光源のつよさを
このきらめきをたよりに

古の陵墓を想いだす力をどこに

あなたとはわかれていて
かつては魂魄がこもり
酸化した、ただれる石壁にのしかかり
大きな過去とともに全身にあびて
覚醒までの被膜はやぶれない

じんといたみはじめ
掻き傷の古割れを
昨日につるしたまま
脱皮中の爬行がいたましい
時が通り過ぎればおもいだし
不気味な異邦の記憶にこがれ
赤糸をたぐりよせる、

わすれたくなるほど気のとおくなる
いまの永遠をくぐりぬけ
この風雨にさらされた
丸みをおびて
石質の刺激的でまだ風にはくどい
ゆるやかに波うつ石畳と
気の急きがぶつかりあっている
無意の存在に耐えられない祈りの静寂が
わずかにずり落ち耳たちさえてくる

遠くでこぶしのうねりは
呑みこんだばかりに喉奥で
模倣するなにかひっかかったもの
内耳にうつって

それがひっついたまま
飛躍させる呼び名もしらないから
眼と声はいつも
くらんでいる、
何かが襲ってくる

　幾千年の劇をかさね、数えられない
出直しては固められた舞台の袖に、
捷径のコンパスをたより
軟骨をすりへらし幾代もやさぐれた
角質のこわばった扁平足でふみこむのだ、
無垢でただ無謀に白い
どこにもでっぱる数多の真ん中に
大昔と記されていた

顔厚な傭兵は徐に杵鎚をぶちこむ
ときに左足でふみこんだ
忌人が殿舎をあとに野に籠るころ

これから遠い石廊に
善悪の卜占をかかげ
すべりこませる凡庸さ
ありふれた空蝉の事態に
再度足跡をたどりなぞるよう
かたときもはなれはしない
眼を瞠れば焦点がむすぼれるにまかせ、
回廊にただよう異種混淆の
祖霊のチカラはつよく
汝が在処を占めている

遙かに伸びる道はながく
どこまでもつづく果ての
さざめきのなかでいまだにこうして
一呼吸おいて息をのむ、
ふだんと変わらない空をあおぎ
ねむれないカラはあきたらず
見慣れた広場にでていくのです

　白眉をほこる
巨大なファサードを見上げろと
閑閑とかわいた冷風に歩をとめる、
往来をぬけて瑞祥を追う
ホカヒビトは
坂を越したところ

積みあがる荒れた
小石の山と遭遇する、
ハレの日に見た
白壁の夢を畏れたちくらむ
犀利な悪感の階段をまえに
迷いこむのがみえる

このドームの内壁に黒ずみ
天井まで這って
吊るされた
死者たちの絵図は
一人ずつ
ふりきれない
後ろ髪をひきずりながら
戦闘姿勢をといては

滴り堕ちていった

水瓶の底に、
うもれはてた黄金のつぶやきは
いまも飢渇して死臭をはなち
痴呆になって
世故に長けた道具群からふみにじられた
高窓のガラスから零れでる
怨嗟の灰と恨の紙片にうもれ

世襲世代に反抗し
想像力を鼓舞して架空の跳躍をかさねていく、
とうに死んだ家柱にかかわる
火や父や祖父の遺影は
竈にまっすぐあたる

カオスの群れをさすらっている、
山々の黙祷に頭をかざし
二重人格化した鬼神の和す
呪詞の螺旋階梯にのりおくれたらしい
固有の霊は今を追ってくるはずだった

よのなかに詩想を強かに揮えば
たよるあてのない遊離魂の蟠りが
たがいに昇華されたく、分ちあう
秘儀をまっているのに
拙速な地上の思いなしが戯れたあと
稀人にささげる強者は
凡庸な丸みと清楚な鳥の囀りに
ひらかれてはいるものの

滞留した天からかすかな笑いと
薄氷の黴をつれてくるだけだ

　アムノッカンの河岸を越えでて
しのびよる北風の
遠目にみれば
くぐもった哭泣といれかわってしまう、
ほそくのびていく
遠吠えるひとの声とがいれちがった
霊と虚のまえにただずまう、
頭をたれたロウの番人が
両腕を差し出してくる

ここそこで白亜の壁にひきよせられた

悔やみきれない憎悪を八重歯はかむ、
空の青さに
この紺碧の白さを奪いさって
チカラなく眼をとじている

歪んだ母の前で
震えの止まらない指先の行方を案じ
唇が漏らす言葉の意味は
私が裂けるのではなく
私が裂けめなのだった

　どれだけの歴史を生きぬいた、
理性的に指と眼でたどるユウの地図を
リアス式海岸になぞっては

潮の海路を自在にわたっていくと
無謬の不知の海溝の奥深さが知れる

生まれた感情の淵源をたどっていく
暗闘に親しみへこんだ胸の手触りは
遊牧の移動を拒みつづけるために
束の間の停滞期に居座り
みらいの段差をさぐりあぐね
躓きの坩堝をでない

土星のまなざしが看破した
竟に冥府の際にたたされて
自然過程をそだっていく
おのれの聲は目覚める場所に

漸次楔が打たれ絶たれては更新される、
宛名も知られず去勢された
思いなす蒼生の御霊も
きみに降臨してまねび
うつろう滅という喪失に
とうていあなたをのり越え
成りかわれなくとも、
陸封の生涯に囚われつづけ
渾身のしいは浮遊する木の葉か
気ままに遊弋する波の小舟になって、
山の稜線が白むところ
面ざしもうすれ
カラの顔容はうらぶれて
北へむかったという

果て

ましらにあたうるは、どろ人形
みのない美辞麗句をあげつらう
符牒をつらねいった屑糸を
藍染にふむきな樽にもる
そまつにざわめくかみの戯言はたわめ

かんしゃくだまがふたつにわかれる
胡桃のぬけがらはうわべをいろどり
虹のつよさほどできないきずなをゆい
わけいればぬれるだけの烏合の集に
みばえるほどの窓もまとももまたうすい

まなざしはとおくをこがれ、幽霊になる
しんでしまうガラス玉は二度ころされる

靄がかる千年の嚆矢、ほどける束間だった
からだの主軸がうしろにさがるにつれ
置引きされた旅行日誌をひもときながら

あまつぼしの線をひく気負いがおくれ
天窓をやぶるくらやみの嗚咽はみじかく
あとにひかれるだけ

最果てはそこここにみえかくれていた
空のとりは溶けはじめ、両耳がつまれる
音のかくさんがひろがりをもくろむ

どこまでも眼がのびていく闇との親しみと
鉄屑がまねくすさびたはらっぱの奥行が
どこまでも延期のむすびの果てをさしている

後記

異形のゆくえ

大猿のねそべる奥間の　夷狄が跋渉してなきまどう不穏なよどみ　簾のまえうちよせなだれ　ひきしりぞき　見おろせばひくくいく層にむれてながれくだる　日下をまとう無碍の網にはいつきこびて
地鳴りがつぐむ

とおくほのみえるさやぎや鬖鬡も畏怖のふるえはかさをましていく
あおぎみない老爺のまなざしがゆるんだ籬からのぞくしろい生肌のはだけをおぼろな幼子の拳がおう

西風につかれ　帷子の袂に偏依がふくれ
かがんだ背筋の尾根がこすれ　ふみだす草鞋裏こころのこる影ととそくがみえかくれる、はじないこごるたなごころはひやかに

うなじがそる生贄のおもいに館はたつ

しめりがきつい屋根裏でくぐもるいきょうがはなつ刃のしたたる獣道は、どこか
らどこへにげていくのか

あきなう聖化を、こわれた市井の庭でふつふつおぼえ、たぎる情動がしょうきづく
俗を袖にはぶり、はばかりはその垣根ごしになげつけた

むちうたれ　後牛をさきどる黒をはなつ　赤沼にのまれ　みずすましのすべる
かっそうにおよぐ眼がとまり、うごく平によぎる日向がおのれの空洞をほりさげ
た、ちらばりのまなかにはつと啓明がさしこむ、まばゆい照にすけて館のかたむき
がそびえみえ　やおら視線をきられる、こと

たしかではなくしかかる班田のくびれに不実がみえかくれ　石清水がかわく泥濘
の撥無は水のいきおいをみずみずしくさらい　田畠のうつろなみずもをきよめてい

く、どろ

すくいがたい蓮のかさはたわみ　しのびいる欲燼からほとばしる毒気をそぎ　なすままのにすがたでおもいの襞をたぐりよせる　老爺のやすくふかめた皺に、余生のしずまりを見いるよそびとをてばなしはしない、粘土の不遜なみずけとが

森の真偽をとう悪霊へ伸ばすかいなにもたれ、うとましいから生薬をかみしめ水菜をそなえた、とどの魔術をとく

山間でおとした有縁の柵を　よせくる海難船のほどこしを　くいつくされた無縁のいとぐちさえ、ほころびを馬屋にかくし　さされた寄る辺をたゆたう　山野河海にかくれ川辺にたたずむおやなしは　野伏となりおいはぎをいのちとしても　じんじをつくす山の根の畏れを網衣に裏打ちひそめていた

澎湃とおこる一向の徒らが簇生し　てんでに夢幻の辺界をうろつく飢えに銭流を

おこすいとまを黄衣に負い　公にくみし異形の面かまえしたたかに悪僧をささえる、燃焼をかけ、たかぶりはたぎりくるう溢れにさきを越される、こぼれるあまりを俗にすて黒ぶとい頸をめあてに、うたは

遊女の足浴の湯煙が盥の縁をなめかきゆげて、けぶる

婆沙羅の形相で爪先立ち地をはなれ　浮遊人とひとにさされた

毘沙門天のなだめ座す経堂に異界へたむける嗷訴の高音と託宣を夢にくばる、あわいに

蟻の隊列を土にくぎり　みなみのうみとであう突堤をふところにおどらせ　ゆれるちへいは容赦なく阿修羅を演じていた

（獄の滝壺に身をさらしきみをいのるさもしさをだれか砂丘をわたるうつせみがいたか

右顧左眄のまつろは、いにょうをやきなおす六十あまりの　下財を宿よりうばうね
じれたとしつきの環をめぐることばをすべり御輿をさがしあぐねた、言霊を宿とし
ころがるほかひびとの、かわらにせよ漂泊する　菩薩をすてすまう肉のまぼろばの
境へのぼっていく坂のゆくてに銭の行路を元締めることがすべて

殿社をはなれひとがこもる、野辺のなかではたちあがることもままならい、懼れ
に
梵鐘がなり証文はやきはらわれて人影はたえてない

腸をころし蒼立するいっぽんぎがさらっていくむくの肌がずりさがる、地べたの
根が亀裂をのばす棕櫚のわたげがふるえ眼をあらい、料紙にこびたひとのなぞはか
わいてねばらない、ひきはがせない血のるつぼにすみつくいましがくれるいきょう
をたすく気脈が仮面でかたる

耳をすませば河のながれに足をとられ　鳥の囀りに声をとられる　しましく祈りはがまんならない、
あしはらのさとでも、みえない一凬に突かれ　ゆらぐ枝葉とかのこをつなぎとめなられかった

地鳴りはいう、
有主の闇に憑かれ、たまりかねたわたの音のなか　荘のげにんは不入の山林にはしりいる、無辺につかる枯葉敷きに坐して経をとなえるしか、かしこみかたを身におぼえない

境内を掃き死葉をかく音の根に耳をかたむけ、かみこむこがらしにふかれおのがしばめられる有縁のつちに還りねざしていったといい
稲穂の群れあつらかな凬のそうにこそぐられ、横たえいっせいにたえるおおどかな地のほうようのアウラにしゅんかんのみのりをゆだねる

不承不承上分の種籾は利稲をうみだし　おおみたからをさいなめ出挙の再帰へひき
もどしのたれしなせた、やすくはないしろい肌理にやわらかなてはとどかない

うみは、
鷗がひびく海鳴りの泊で　網引きのほぐれたあかぎれのひとさし指が紅くそまり
よせちる浪のしぶきにいきづくひとときをうみびとは、うれいまねく無という場所
よそびとの船縁にひそむ舶来のものだねをめあて　船首にぶらさがる魚拓をつき
ぬけたなみうつわたの稜線のかなたにいきょうの快癒をいざなう、不帰の道とは

紛擾にあけくれ葉隠れをことわりに恐恐と
のぼる螺旋をなぞりつ　往古のしずけさをとおい暗誦の壺にとじこめる、いましの
肉と魂は羊籃のうちにふれたものざねをひともとにむすぼれる宿木を、こけつまろ
びつあまかける黄衣をぬきて、さては黄泉路を公界へむかった

痼癖

黒黴の　うすぐらい朝だっただろう、枯れた水草の根がほそり、やってくるとく
みつくせずからみつく、とれなくてとれなくて、それはいつも天井にはりついた鼓
膜のまま　あおむけになって、耳鳴りがつれてくる暴力の畏れ、とっても自家熱に
みたされていて　しっとりぬれる黒豆のベッドに貌をうめるだけ
ところどころしみはじめたシーツのざらつきを唇ではさんだまま、縮こまって身震
いすると、いやというほど外気をつつむのべつまくなく寒の針は　食洗器の四方へ
油脂のうく噴水池へ　内向きに噴射される、とーつーとう

今朝もとりかえしつかない事態をうばいかえそうとエベレストの極点をめざし
た、カミオカンデに魔をさしのべる、大挙してうめつくすす令の煤煙のずぶとさを凶
の兆しにゆずってでも、タイヤ痕があったようななかったような

それは初ものの重さだったろうか、影法師はそれまで生きているのか、生きながらえているかさえ、こうしてもああしても、ほどこしようもない神々しい安寧安泰を、すっぱりすてきれなかった、声をそろえ　よのなかに時をえて、なにもかもこわれかけているといい、こわばったつぎの顔つきにも　デジャヴが横取りしていく、そのままいまだに立っているような

熾火がはいって、そのまんまあかるさとくらくをともにするっ　ふるる声　水の瞳

氷空にもたかく雲丹の鼓動がなるとき、夕暮れの正倉院に生しはじめた、苔ぬす阿弥陀手の細流を率いれながら

瞼のみみなりがどこまでもとじていくんだ、とめどなくとめられない、とげとげしい餓死の記憶がとおのいて、皮下脂肪から叫びが　ささくれたニューロンにひっかかって　ひびく　とけない知恵の輪をほどいた快感が　苦しんだり楽しかったり全

身を走って手鎌をもたげてくる

猩紅熱やジフテリアにかかったチフス患者の寝台のうえで、床下のしっけた穴倉をふたつに分割されて、気おもい脱色にそまりはじめた　駱駝の瘤　ユニットバスの繋ぎ目からにおってくる　にがい面々の腐敗臭を用心しなきゃ、遮断するんだ、ちっぽけな収容所につめこんで

その呻き声が　どこからかきこえてくる、とあるアフリカの一風景が、折れ曲がった眼鏡のフレームにぶらさがって　とれかけたサビをうなってるんだ、黒胡麻を食んだ黴くさい口臭をもらしながら

南のうみにうずまくいきどおりと呼応している、けれど戦士たちがのこした板に反射して戦っているっていうんだ、おれたちは基底膜をこえて転移する、どうしたんだろう、不知の憂えにうながされて言葉をつきだす、この身がしらないちっぽけな安全地帯へ　マリンブルーをもやした　燭台にかたむいた蠟燭のすすむさきっぽ

が　まぶしくひかっているだけ、おれだけただひとりかくまってほしいって

フォトフレームがたおれて、それがふるえはじめる、みらいに手をかけるとたんふれられないもどかしさに身をよじる、なんか言えっていった、こんなせまい川の流れにわりこみやがって、もう古傷のアキレス腱がいたむんだって、空砲はうちきれないよ、みらいをけしたいから、わだかまりなく　いっさいの左右にぶれる痕跡をけして、いまから　あとしまつのだんどりをたくらんでみるのもいい、それを白昼にもぐりこんでみるとか、罠と罠をわたりあってたどりつくこの脈絡の外へそとへほとへ

こころよ、おまえのむかうさきはプラチナの有刺鉄線の網目だ、反れても格子眼のいりくんだガラス窓なのか、しとはし、しっくいにかれた羊歯の内面をおもう、あなたの脳血管筋ジストロフィーが裂開する　ことばの無機質地帯をひらききれって唇がうごくと　あとは雲散霧消する菌の靄を型枠にあてはめる　なにもかもわす

れさってもらいたい一針がつきあげくる、ＢＣＧ痕があったような

ことばよ、ことばことば、ぱっぱげーののくちづけをうらがえす、くらく裏声が
ひっくり返る乾燥地帯は金切る一瞬にきえいっていく

アンダルシアは疎く障子にやぶけて臨海に唐津焼の縞地をさく、じぶんをうすく
ラップするから、その密封空間で　俺は生きている、いきていける　どこを向いて
も意気地ない墓地がかすんでいく、出会ったことがない過去の群れにかこまれるか
ら　忘却の忘却をわすれられないで　心の臓腑の耳になる寄る辺に這っていく

ムンクのしこうする叫喚にあらがいながら死をつかめるという、がさつなこのひ
びた薬指で、負い目としかいえない愛のことばと　百年後に瓦礫の瘡肌を掻きつづ
けているのか

まぼろしの共生をいたむために、どうかこの唇ををだまらせてほしい、禍の手をまぬがれるためにも、線条をはみだす世界は　無数の信条をからめとった格子模様をてぎわよくならべかえてけしかける、そのとおりにんげんにせまってくる貧しさの集立には、そのつど川に身をなげ　しめりきった冥府の途上をつまづきつづけた、いつさばかれるのか、時熟をまっている、存在しない世界の偶像たちは、絶対零度にひたりつづけるだけで、どちらにもけして身をのりだしたりはしない

ひきがえるのか、のっそりげっぷをもらす、カメレオンと蝮はむつまじくよりそいあい、蟹と水母　ゆうらゆうらプールサイドの日射しをゆらしている、ちゃんちゃらおかしいし、この組み合わせにみとれてしまう、ばらしたってもともこもないのに、このままではいられない、いのちはこれいじょうのばしきらないでほしいといくらうったえても

きこえてくる　草木はことばをおしとどめる　一度　二度と　回をけしこんでことばはのみこまれ　敷石のあんもないとはかたりはじめていた　みどりの像と交

差するひとの声と、あゆみはじめる

平

ききょうのひとくさにじみずれ
中間をたつぼくとうまがうるおう
そがれをふんぷんと筆跡はみだれた

もがきだし、しにょうにそつなく
はじめのおぼえを終筆ははねる
まつことのあいだに点がうがつ
かみのまだら、生覚え

河海をさすらいこころづき
わすれることをひきとめた
かぜのにおい、くるまるひといきと

せせらぎを後裔のあとにひく

げんじつはむぼうにやってきて
迂言をしいる時間切れのぐちは
ブランコの限界をくりかえす
仮装のまがりかどでそこねにふれる唯我の

身におびえる視線の摩擦を
耐久年によみかえ度数をねぶみする
中庸はこだいをうみおとすカノンだった

みずにながれる、小枝のゆれをおもいやすむ
飛石のはなれわざに水鳥もあそぶ
櫓こつにうらがえる平をあらう
どうたいばかりのひとがこぐ

気随

缺舌の砂嵐をまきとり
撃鉄をぞんざいにひく
消毒臭が鼻につく小部屋だ
脳軟化症とよばれるまえに
アーメンとつぶやいておく

刳りぬかれた集中の束と
埋めきれない信号の束とが
電子メスの切っ尖をからみとり
ブルーシートに血の汗がわきでてくる
湧きでるというよりしみだす、か

よろけながら芒の小道をあるいていた
きわやかな岐路には枯れた楡の木の
ひびわれた実の核が足の気をそらす
罪障の告白をまっているのだろう
踝がやけに腫れて、ぷっくり
興奮気味の熱をにがそうと
草鞋の裂帛にいたがっている

のらりくらり
緩慢な匍匐の動きが
ちからみちてくると
鳥の眼は厚みをまし
団子状にいきづまった
おしもおされない
ペースト状の

ひとかたまりになって
身動きとれない
周縁がどこまでもみえてこない
堆い地層上をはう
ぷよぷよに変身していた

還俗した僧だから俗にいう
声いきどしくすだきながら
とぼそをひらきこころの扉を
渡会の道行きには
田鼠の
小盛の隆起に眼がつまづいて
旅人の幇間になりすますらしい

日子は四十一日

幾ばくも無い命の囀りは
これからはじまる生と死と再生に
しろくしずんだ骨をさばく
激辛な遊戯をくりひろげていく
声と聲の、いみじくも
シェーヴィングの刃に果てた
齧歯類とネコ科のきょうぼうを
泡のコスモスに放たれる

市井のきょうかんはとどけられず
四十九日をまたぎ
一枚のドキュメントにつめる
デイスクにうもれた対価と抒情の
いわくありげにかたられた
ユーチューバーのマジさかげんを

終わりない熱い高揚に食いつき
ショコラの断層ふかく縦によこぎる
かんじゃのせいれいは仮死をさまよい出会えたかも

現場

凧あげがたのしかった川縁の土木工事は草野球の秋までつづいただろうか、右肩あがりの斜線からこぼれおちた新築木材は木彫りの宿題をこなすにじゅうぶんな木片の身をけずりヒラタクワガタの甲羅をきざむ彫刻刀があやまった左手人差し指と親指のあいだをとりもつ根元をえぐる小ぶりでうすい鮫の眼の傷がいまにもいたみだしよくおぼえてもいるから、それが東川の土手だとわかってはいても採掘業者が発見したというシンゴジラの灰黒い八重歯はジュラ紀そうとうの地層にうもれている欠けた下顎の化石が人骨であったのかどうかも今になっては歯槽膿漏の予防にもやくだたない歯茎を毎日砥ぐヘラブナ釣りの餌を水気がたたりなくなくぼそぼそぼやくテーブルマナーに違反するとちらかしては入間川のかわっぷちで発掘したという縄文人とマウンテンゴリラの屍骸が土木職人にお蔵入りした殺人事件被疑者のDNAを偽装した緑のスタップ細胞が未来に埋め込まれた化石だと思い込ませるほどてのこんだ死にがいをさばく流通倉庫の火葬現場だったことがまちがいない

とみえた

寒都

そしてあの昏い用水路に降りた
行李柳の腹痩せこけ、過たず
窪みをこさえた
水は跳ね
リアルな鱗が燿る、でぶで童顔
恥じらいに萎えて
しなる素粒子の、白い紐の
同格の仲、間たち
眼に捕えられない
障碍を躱し
しなやかに泳ぐ、ミームの流れを
養殖された鱒の腹で

夕焼けにはピロリ菌が動く

盗賊の秘密は等閑に付され
寝床の舟艇では水が抜かれている
穴だらけのナチュラルチーズは
地下の小動物世界に
斑な空気孔から仄見え
束ねたら重い、世代の団塊だ
寒気が垂れこめる
神経痛が貌から
剥がれてくれない
まだ無垢な現象界を贈る

それはロスとも
トーキョーとも呼ばれたが

ハンと呼ばれた子は
未だいない
九龍ほど痛んではいないが
累々と凛冽する
破格な塩基式を
吐き出しつづけている

なぜ水嵩が溢れみちてくるのか
おお、それに応えられるか
それとも聞こえない振りなのか
なぜ身体が冷えるのか
冷感症でもなく、医師がいった
終に頑是ない頭だけになって
耳を覆うヘッドフォンに
つかりっきり、ガスマスクで覆われた

感傷に浸っていると
全方位から刺さる
ダイオードの携帯が死ぬ
諦めない独りが黙る

どこの国でも
薄い靄が流れていく
歯黒いおばあさんの
繕う皺の笑顔に
肉塊のかなしさが
挟まれ
息苦しさは
蹠に去っていく
過呼吸の発作は
小康に身を潜め、控えて

老け頭が膨れてくる

潤んだ眼は魚になっていた
尾鰭を斬られたもどかしさが
仰向けになって空を
見上げるしかない

うらぶれた青い魂は
北へ南へ膝を折りながら
水気を払っていく
簡易ベッドの木枠に
心は分家し
徐に爪をたてる

さもしげに、絵の具の

筆先を払い
眉間に点を穿つ
はぐれた銃の玉が息吹き
外れた螺子がころがっている
川辺のせせらぎに

たたなづく、まほろばの里に
そして少女や、少年だった
とくべつな変換器を吹き抜け
場面ごとに掻き毟る
貼りついた幻影を追い払う
胸焼ける血のめぐる位階に
体形ごとに整理できる抽斗はあり
植物らしい遺言を畳める

微風とむすぼれ
ベランダの竿に架かる
頬白の睦言でしょう
逆上した循環器に
羹をそそぎ、樹翳にふれる
水の凹凸に
朝の目覚めが遅れて
ほらっ、雄性配偶体が飛んでくる

継子

轡がさして、くる
静脈を、きる
おもいがけないことわりの傷口が
ペットボトルのキャップをころげる
青い毛細血管にのまれたのでした

瑕疵のテーブルには飲み残しの発泡酒と
頭をさげると混擬土がせめぎあって
あてどない饒舌であることが生きている証と
ひたすらアリバイをのべつまくなく、
港湾で荷受けをまつ沖仲仕のはくけむりは
潮風にのって

鼻先でくゆらす鴨女と人夫の戯を
喋れりたて、まきちらした鬱憤の在処を
かきとめていました

ぼくにはぼくのくるしみがあり
きみにはきみのくるしみがあるそうだ、
それぞれ帰郷のダブルバインドを
いきつもどりつ
情つくすろうのくぼみに背をもたれ、
櫓をひくたびに敢ない水のはたらきは
たちつくす両手のさきに幾万を乱射する
ひとみをたたえたねむりからさめるように
生者のすがたをみられて眼窩にうめこむ、
あこがれはの告白者は目尻に皺よせる
双子をつれた旅立ちに歩行の膝は握り手を

うらやんでいた

噸呼法がうらめしい、耳鳴りの丑の刻に
くらやみでパスタをすするきたろうのかげは
夏至に蛋白をもどす裸足の腱を床におとす、
クハラの弔いに弓をひいている
息子たちがログオフする夜明けには
接触不良のマウスにてこずっていた

（廃屋に置き去りにした子が出奔したのは
十八年前のことだった
転々とおなじ町を雲隠れした形跡は
閉めきられたまま雨戸の手前できえていた、
車窓から身を斬られる邪な通り過ぎを
縦なのか横なのかもおもいだせない

戸締りの永遠に捨てた写真もくぼんだとでもいうのでしょうか

右耳がきこえない（俺に星はいらない
右にかたむきかけるからだを地面がこばむから、耳鳴りははじめられない、
はじかれて
古めかしい純粋空間へのいざなりが暴露する
ありてなきに、しもあらず、つきまとう架空の安寧の繋、シナプス
（いまだから言おう
どこにもゲンロンのネゲントロピーをきらう人工少女に宛てたメールを慈しむ、
溺れる

ホストはワンパターンにすがり、愛する鉱物化への直滑降をサクラメントの酒杯に
神人をうめたこと、豊潤な玉手箱を小脇にしずかな中間へいきたかった
それだけのために左足を挫き悲鳴した
そのときこそ愚禿とよばれるパラなサポーターの親身をおもいしったらしい

ブルーレイの画質がものたりない、
これからはじまる煉獄の辛身が
こころもとなくリアリティを索て、
プロメテウスをくらべる、肝と火と人の
息遣いをかけあわせて顔がひきつるほど
善玉コレステロール、その搾り汁がにがい

星々への道程は起伏にとんでいるのが常だというものでした、
漆喰はげかかった壁龕にこもりっきり
継子が、麦畑で月に浮かんだら
双子の兎に化けるだろう、
獣物の笑いを肉親にささげる

M

それをおもいだしてはけし
残酷をかさねていく
おこがましさだけ血のめぐりをつかえ
墜ちこんでいくさきに
閻魔大王がてぐすねひく
最悪のＦたちはだかるきっすいをほごに
父までのみちのりはつづく

さいやくだからしゅうちゃくがすぎた
とおさをはかりたおされていれば
そらもきもかぜもやまも
うとましくなかった

まくのあいたままくちをやぶらなかった

アルコホールせっしゅにまといつく
ざいあくのつれなくおとなうさかだなで
めあてのラベルがにおろしにうけた疵をいたみ
ビルかぜがふくすきまにつまづきうづくまる、
ことわりのみぶりをおぼえた

にわか鶏舎を十坪のよはくにかまえ
黄橙のひながそだっていた
匣に飛蝗と蜥蜴をかこい
縁下に牛虫をすまわせた
すなつぶをついばむじゆうにいにょうされ
くびのとれたこどもがかがみみる
あみどのむこうにかさなる乳児の鬼哭をきいていた

きずなのきれつはゆくりなくくるいだす
われた甲羅からしたたるつれさられた親鶏の
きょうかんがにじむ
つれないかんきょうをきたす
ちかよれない家屋のきしみに
きぼそのいとがたびたびつきる

隣人

画像がはえ、やどり
点に撃たれた
ひとつに向かう気を
気胸にさからい
息が殺がれる

うなりはじめる狙撃の音は
ながびく低音の帯に
静まりがなみだち
過る咳払いに光をうばわれる
色に回収できない色が映えて

明るさの度合いが反応する
薄エモい自滅のドラマが見たかったのに

壁越しに打ち震える空の青に
コンタクトの欠目があばきたてる
コンパクトな標的に苛立って
ゆさぶられる居所は
手鏡のなかでにんまり笑っている

犠牲の肉体をまとい
祭壇にあゆむ
耳栓をうがつ
指をふさぎ
挿される

鼓動がめざめると
内壁をたたいて
ずりさることもままならない

グレーにひかる
しろい音はつつみこむように
せばめられる空所といっしょに
まだ生きている

たなごころにきえる北極の陰をつかみ
むくつけし脳髄のコンテンツは
忘失だけ薄まっていく
なにを思って
顔容に経年のしみ
澪と、隣人の吐気がくる

踊り場

小脇にたつ木槿に目をなでられ
ファサードはのみこんでいく、
着席時間をしらせるベルが鳴り
そぞろあるくドレスのかしこみと
たかみからはガムが降ってくる
アフォーダンスをしくんでおどっている

ポンポコリンの踏み場に平はない
足下につくろう重力のコスパがあるぶん
恥じらいのアウトサイダーは警音に和んでもいる、
なぜか異土でふたたび檣をたて
渋滞の突破口は青瓦台へ向かってしまう

コンビニに国柄はないけれど
小銭がおどる顔ぶれは大小ちがっている、
はなれつかずのほどよさを鋼の眷属はねがい
かってしらず延々ととどこおる行列群を作り
だきかかえてしまうかなしさにこりている

あとをひくからみの山葵がひとをつなぐ
唐辛子ほどつきはなしによわいけれど、
われんばかりほころびる貌のこわれを
おさめる抽斗もなく宙に舞う、詩のむちの

嗚咽ばかりでない、ならんだいかりの情念が
むかってくるさきには、紙吹雪の白に
御幣をみるのはどこの映像からか、

両開きに切開した黒子のむなぐらに
ほくろをうめ菜箸でつまんだまめの
煮炊きじかんはうでぐみに拳をいれる

踏み台もなく斑気をそぐために
（だいじょーぶよー、
居場所のない異人は右往左往眼をおよがせ
ませた女児の高なる聲に救われる、
ブラックホールとよばれたそのゼツボウを
どこまでもみずの浮草はたおやかにのがれ
華にまけ天カケルかけにいよよでる

未達

ふれあうあわいの
凝りはかたくなで
ゆるさくとばせ
いたいけにこわばり
禍をはらう
ほころびて
ふみあう景の
平仄をたもつ

旧辞をうるおす
へんしつとぎたい
の面貌を身づくろうものは

ありふれた法など
教典の型枠につきまとう
腐臭の風を吹かせる
他人事のように
異本をそらんじ
穴ふかくにひそみ
煮え滾る矛盾を先に延べる
焼火を咽び吐かせるものは
脂水に浮いて
建てかけた
伽藍をゆらす

はなればなれになった
憤りに呆然とした

投壜通信のようだ
漣は無軌道に
たゆたい浮きしずみ
沖にながされるほど
にくにくしく縺れあっていう
つきかえすほど
強面にせめてくる

鎮守の山林にわけいり
一投足に石段をふみこえる
念じるだけで
夜の帳は裂けめいり
野鳥はめざめる
褻がらわしいし寒気がして

不吉にさされる生死の因果に
この礎、あの傾性をめぐり
生きた密約の徴だから

浄められた配置図に
抜き身の感情を
白紙の宛先にわりふる
この疼痛はいつから
とっくにわすれていた
薄暮に投函しかけた
手紙のことが煩わしい

双子がうまれてくる
ファルスタル星が

地上の虜囚にえむ
燦光をみた孤独との
ちょっとしたランデブーを楽しんだ
何光年もあとの未生には

空き瓶につみこまれ
空にはヨウ素がたれこめていた
ちょうど百年後のはなし
太陽がくぐもっている
稠密な昏い午後
空腹な見張人のはざまで
死にたいに籠りつづけた

深爪の指をあてがい

資材化した古紙の
ドミノを押したおした
自虐の笑いがこみあげると
はきかけた胃液が
昨日逝った冗長な外堀人の
筆跡にからんだのか
水玉の光を照りかえす見透かしは
怯えた鎖骨を叩いて
襟足を蠅に乗りとられる

からだが疎ましいし
脊柱管狭窄症のきつさには
剥きだされた妄動がつらなる

よみよりもどり
御門のまえで
天をうつ
何基もの
技芸の
土台が盗掘される
ひとりびとの
静謐な墓碑銘はかしいで
うめもどせない

剥ぎとられいろあせていく
ひとつひとつの神々も
快癒の彼方に
曖昧を快楽へ捨て去るため
左右に交配して

五月柱をまわった

　蕩児のセリーを
ひもといていくと
みえかくれ
たとえば
エカテリーナと交差し演舞した
ミハイルはかつて横断した
島嶼のふかい溝をくりあげて
畳語をたたみかける
毎夜祝詞の上座に
客人がおとずれる古譚は
ただまぼろしい

どこにもまねかれなかった
ミライがもだして
喉笛がなる夜闇には
笏にうたれ
デフォルトにゆがむ
不知の声とその面々が
千々にやぶれ
傍系の暖流に
錯乱の戊をえがいていく

ひきさかれた
いまや時を穿つ
ただ叫びに
宙づりのまま
区区直立し

ぶんせつされていく

あのときも
こどもたちとの
紙で折った
一枚の運命を
もくろんだけれど

人里へあらわれた獣と
いれちがった藪の
郵便配達人が
くわえていた
たわんだ死木に

ぶらさげられた
鳥小屋をもやした

　行方をくらます

ひさしいし
まだうけとめていたのに
さめきってしまった
口先だけでもいいから
臍ふかくのみこむしかない

むさぼりくう蜘蛛の
銀糸にまきこまれて
くみかえられた暗号をあみ
ながく足を留める

古木から
はえた二本の
まっすぐな幹の
おどろのかげに

葉擦れに即って
よどむ風の
非時に
きしむ
痩せた
萱草の

野山のうらで
かきべにみたてた

殯のけはいで
涸れ地をはう
盗まれた
火蟻の隊列を乱し
根の茎の袂に
いかりがこみあげ
生母にそむいて
かみきる

蝉の聖歌はきえいった

赤影

無実のひとくさ宴をはねつみをかさねた
帰路の溝板をみちみちはずすひざもとを
まがりくねるひとよのてんきょうをきおう

遠来の赤影さしこむやまはだを西陽は
稜線のうしろがみをひく黒子をもやす
裏でほぞける木樵の父子をたきつけた

かみさびた古井戸のもにはえるいっさいの
漂をゆらす巨木の葉隠をぬけてゆるみ
うつうつと鳥のみずたちを古池にゆずる

ひろがりにかなう微小をいきぬくとき
うすい球にいぎょうのおもいをたち
まじわりながらくめんするいてきの機宜を
うしろめたく彳んでいる

あうら

偉大なる小文字のアブジェ、萌えるアウラ
地球儀の傾きをオーロラばかりに、
小粒のちぢみは北海の氷山を荒くけずる
億万の光るつぶてから醜い見本帳のカラーは
グローの此方にふうじられ魔除の香水を
微分化におもねグラデーションの光沢と
切りさかれた細片とが乱舞する
編みこまれた糸目は不可能の時代をこえる
当為なく満たされ、胸に接近を禁止するソバージュの詩句をゆるさないわけは
焼鏝の傷痕が火文字を疼くとき
秘鑰を説きつづけるひとりの彼方で
悼むことを指先の炎症が自ら告るから

失格した冥王星の孤独な飛行を傍受する探査機の密約は
害虫につれない田圃に漂着すること
とてつもなく、とんでもない速さのＦ線が欲望した楕円軌道の頓挫によって
牛蛙の横隔膜をおしあげた
人間の魔界は水のながれにわけいる水が
むしろいわれない侮蔑に歯むかうしろの名として朝がけの軍隊がピンポイントでね
らい撃つ野良猫の失言にわいている

モンダミンの息がながれみどり児が泣きやむ
国境をこえ山賊の医師団の躓きの石とは
闇にながれこむワクチンの毒素だそうで
空中の楼閣を起点にナウシカのメーヴェが
まきちらした、あとからでもおそくはない
腐海のさらなる劇薬をまねく

踊りくるうハリネズミの一途が磁場をはる
鄙びたアルカイック街のユーフォーキャッチャーをとらえ
キシル悲鳴にはねられ峡谷を墜ちていく
背高い篝火はガラスごしに昆虫群のタマを
照らすままトールにしんでいくのでしょうか
砂尻をつかんだまま街はずれの断崖の端に
身をよこたえる老婦人のつきでた舌先が
さしつらぬいたアジトの狼煙を
水の暖流にわりこみ叫んでいる

飢えた血の臭みがイヂドール・デュカスの貌に憑かれ魔的な鱶がみひらきの折目に
縋る
しろい胎をさらわれるのが見えないから
十二音綴技法はこれにて焼尽し葬られ

変形五七調にのりかえられてもいる、
よれたパラフィン紙をめぐると
いましがた乳母車をおすキューピーの鼻に
洗濯ばさみが脛をかじる物干台の真昼間に
テイケイとはセイテイのべつの名であり
宝物殿をわかちあう共同海損ともいい
カッカ雷なるゲリラ豪雨が協賛する
雨後のたけのこの気まづさとくらべられ
足先を反らす外連味で生きるのをやめた

鏡を覗く聖人のなみだはうつほにながれる
水たまりの惨劇をものがっているのです
ただわすれてならないかずかずの
微小粒子状物質ののろしが紫禁城のバックヤードで炊きだされてむせびながら一頭
身にあえぎ双子の弟が手術台で焼けだされようとしているいま

仮眠中の仮想劇でつかれた悪夢が一絡げに
一昼夜瞼縫合されガムテープがふさぐ口はガチガチに口籠る狐皮を意地になって張
り通す
　ころさないでくれ
一酸化炭素の濃度は全身にちらばっていく潮目にながされた

石女の赤子たちを人質として
しんにょうをひく世界が言語葉をめぐる
うづたかく席巻するジュラ紀そうとうの
地層ふかく復讐されて
おらびなく平和の祈りはねむりの矛盾にきえていく
時間のもんだいとしかいえなかった
オフィーリアの再演はすでにここではじまっていたのです

街区細片

ヒヨコが尻ふる
冬の凍てつく風に
春の芽生えを予感し
それとも素足を攻める
霜柱に媚をうるため
熱愛の前戯を演じつ
込みあげてくる動悸の過剰が
閉経期の隠蔽と顕示欲と
その終息の合図となった
狂う姿態の恥辱を飲み込む、
逆睫毛の弱気を払い除けようと
黄味がかって揺れる羽毛が

街路ではやけに生々しく媚態を帯びる、
身柄を拘束されたグレーダウン下の
籾殻の苦味を奪い返そうと踠く
消化器官に流通する唾液と酸の
アマルガムに駆逐されながら
街区に纏わるコントが分断された
粘り強い蜘蛛の巣を繕い、また張り直す

　交差点の真ん中でホイッスルになったら

円錐の鋭角を計る摩耗した定規の厚みと
剥き身の肌を切り裂く合成樹脂の縄が
あなたを縛って置き去りにした、
御嶽山の麓で遭難した測量士の失踪譚が紙面いっぱいに溢れ
ゼーバルトの既視感には、歩行者の誰もが吹き出したユーチューブでの再生記録が

パノラマの液晶大画面に、映し出された
匿名の臀出しパフォーマーの貌や突風で巻き上げられた車両の有られない格好が
ふいに眩い原稿用紙のマス目を覆いにかかる、ただそこには更地化した見開きの
ノートがあり、容易に近づけない、逃れ去るメタリック塗装された車体の断片が瞬
き、跳び、灰黒い音、三半規管に貼りつき、言語葉に転移して踏切を徘徊する、見
上げる空には涙が止まらない、急展開を決行する雨雲の揺るぎない意思が独走して
いく、街の一角に朽ちかけた櫃から、揺籠へ、むずかる嬰児のご機嫌が斜めに寝返
るきわどい隙間に、黒一色のキュービックを振り出した、賽子を振るように雨合羽
を羽織り足早に帰宅する松・夫の雨脚が強まると、左頬を差し出し、横殴りのブラ
ウン管が映し出す、苛ただしい過去のスペクトルが教壇で襲われ、乗っ取られたド
タバタ劇を異国に遺した叔母と、郷愁を躊躇するなら無謬の北から寒波に罅割れた
親指の皸を庇い、身代わりにした、顔をリセットする手拭いを吹き飛ばす、プライ
ベートバンクの札束を、右手に握りしめ、切り札に、湯気だった塗りたてのアス
ファルトを、夜陰に乗じ剥がしにかかった、それを元手に釜山に飛んでいた、咄嗟
に躓いて転がり込んだシネマ記念パスには、しっかり手跡を残していたというでは

ないか

ピンホールが覗いている

さて今俺の前に割り込んできやがったそこの雄牛のモーさん、皴ぶくれて水分が足りない象徴不能症の君だ、多幸症を病みすぎて、どうやらセルフカフェの流儀をしらないようだ、あああれあれあれだ！パン生地のネタを挟むやつ、ソレソレヲ俺の右手が即座に悪戯と感知したうえでの暴挙なのか？為す術もなく咳払いして誤魔化せたと、敗北感に浸る前に敢えてブレンドと力を込め、アリバイ工作は虚しく、アニメ版の舞台裏でドレスリハーサル中、自動ドアの開閉音やおしゃべりの雑音に白旗が見え隠れ、そそくさとトレーを支える指先に力を込めて運び去る、玄界灘のクルーとは音信不通だったけど、クールを装う天使の袖を梳かしていったそのすました顔の憎いことといったら、なかった―ブルムフェルトが遊ぶピンポン玉や雛鳥に似たテニスボール特有の怒りの鉄拳の持って行き場は、トレーを持つ両指の末端神経上で行き詰まり、スイカズラが萎えた、グローの水蒸気を肺に貯め込んでしばし宙

に吊ってはみるものの咽喉は渇いたままチキンを貪り食った
だからこそお姉さんには気づいて欲しかった、ずるい目元ばかりではない、唇も鼻も顎もセラミックの罠に埋め込まれ、いつか皮下組織の逆襲を招き寄せる、せめて哀愁たっぷりのスマイルで、はたまた肉汁の滴るソウル市場でレジスターの叔母さんはつれなかった、ビジネスライクはリピーターの虜になった
下から見上げるツーリストの視界を影絵のように、それともフリーメーソンのシニックな視線のように、その面影がだんだん縮こまっていく空の貌を、震えに弱い建物たちが、この存在感をスカイラインとして描く敗北した痕跡が、今またリアルに、狭くてポキンと割れた高速路面には疎い、世界の端っこであるシニカルにして傍観するあの態度は、絶対零度で凍えているのです
ぼんやりテレビカメラの前に、唾を撒き散らす縁台上で虫唾が走る報道官の、たらたらと貌を細断していく冷や汗を積分する蕁麻疹が剥がれ落ちていく様を、発泡酒缶に跨った青ガエルの矜持なのかゲップなのか、胡麻塩頭の紳士様は今日も「経綸問答」片手に語り始める、それをうっとり見上げる五十年前の美少女だが、イカシ

タ窮屈なブルーレイの盤面からヒントを貰い、面接中の店長に直訴しようとコケタドア翳でフリーズする、というのも肘掛けの革が捲れかかったような手触りの庚午年藉を紐解き、滑舌よく喋るバイト志望君の抹茶を拝む手付きがペダン過ぎて虫唾がはしる、深爪の垢を血迷って穿る怪しすぎる家系図を嵩に、イヤイヤ嫌味ではないにせよ、その訝しさに業を煮やしたサスガワ豪傑様、千五年前に出戻った母系のシマを相手にオフレコの百年を盾に強請を忘れない、見上げた上野公園、やたらに虚勢を張るのもいい加減にしたらと、老妻には三度の飯炊きを欠かさせず、アンメルシン様の纏足化し突き出た親指の効能を知らしめるべく、古大根のメンテに偶の朝には気遣ってくれと、南蛮先生のセスナにご搭乗を願い、どっちに転ぼうが阿弥陀籤に零れ落ちるシュレッダーに細断された履歴書はいつの世も貧乏神にお札を献る、せめて六銭文に滴る米汁を啜り精精高血圧症候群と低血圧症の郷土の因縁が無限背信する弦理論の定型式に扨く我が無線ランのスルーパスに賭したネゲントロピーという科学用語の宿命だそうですが、邪魔者扱いするそういうアンタは一体ナニモノなのでしょう?、真実に従えば、満州鉄道開設以来蜥蜴の巣窟と化した東北郡内密部の鄙びた駅舎に無毒の蠍を雇い、乗降客からせしめた小銭を詰め込み、擦り切れた袖を膨らせたまま私腹をネックウォーマーにたらふく詰め込んだ駅長さんの手元には、通俗民権論のバイブルと判で押した諭吉の寝起き顔が挟み込まれている、これは空論ではありません、新宿には都電の路線が健在だった、実際、頑固で屈強でタフな大正の鈍さなど露骨に吐き捨ててしまいなさい、汚れっちまった言葉尻が転つ回つリアルなユーザーに讒言するサイボーグに変貌してしまった訳ですから、しかもご丁寧に簡易版優良免許証更新プログラム　研修用CD-ROM付きで、ドライブレコーダには後部座席でのハニートラップ仕様の密会場面しか映っていませんでしたからね、つい老婆心むきだしで渡る世間はヘビーに辛く疫病神に祟られているなどと年甲斐もなく死にかかった流行語大賞を口遊んでぼやいてる暇などないのですから、意趣返しに説明書きのロジックにケチでもつけてやろうなどと一瞬たりとも閃きもしましたが、そう思うだけなのです、しこたま稼いだシュレッダーの歯糞にサボタージュの罠を嗅ぎつけても同じことです、こうした文字だけの羅列はどれも歯切れの悪い愚痴り文句だそうですから、誰にも看取られず印字され、半紙に滲んだ亡霊のような、あったかどうかもわからない、過去のイルージョンと言ってていいでしょう

神輿の本体様が蔵で軋みはじめた

太鼓の皮が打たれ強いのとは裏腹に、自己主張の強度が薄い、根深くも鄙びた疣の突起が、太古の地層からはみ出ています、街路の一角にぽつねんと立っているのです、身を反らした樹木の年輪には相応しくない、ずっと未来からずれた中心として残されていく、遊牧民のように、意のままにならない諄いのが玉に瑕、細い路地に身を滑り込ませる、小雨が降っていた、ふっと背筋が凍る、地下鉄構内のクボミで殴られる、未だ気づいていない甚大な恐慌の身震いのようなギャーッという感応と共に、異常ではないこと、乱雑でもお気に召されないカフスボタンでもない、ふと何かのエネルギーが湧き上がってくるところ、それは哲学者のドナーがもたらしたとおり、特段明晰な探偵が動くほどでもない、事柄とも言えない、事情聴取でもない、ただ外国人が顔を顰める葛餅のような食感とでもいいましょうか、メラネシアのクラが多くのパートナーの絆であるように、移植された大木に突進し果てた、地下の細路に迷い込んだ猪豚の悲鳴は青息吐息で、お役所には聞き届けられない、体毛が抜けきった薄い皮膜になり、窮屈な路地裏で右往左往する迷い込んだ透明豚でしたが、人目につかず痩せ細ったゾンビに成り変わり、飽きもせず夜ごとふらついてはいても、もう誰にもぶつからなくなったのです。なぜなら、脳梗塞を患った卵の配達人は薄い靄をかきわけてしっとり濡れた位置にもどれたから、デラシネには場所はえらべない

こう見えて夜は、
獣の掟から解かれた
チメの原人がきれぎれの譫言に
ボールを脇にしめたアクターを乱舞しまくる
蒼白い焔に包まって、
赤さびた天道虫がつく
白馬の尾鰭が気がかりで、
まだ眠っていられるのかも知れません

彼方

止まれををすぎて標識をながめた
くずれたかたちが愛おしいから
ポールのくの字がみえた

アスファルトは夜灯りを湿る
危殆をしらせる合図を瞬き
天使の声に驚き跳ねる

胸座を降る標はポストの口に問え
儘ならない彼方が身内で泣いている

跋

逃散

手荒い仕種に抜け目はない、と言う、脇は甘いが絶え間なく過る些事に余念がない、過ちは犯せない黄金色の草原に人差指をあてがいヒロインは薬指に譲る、夜の羽衣を食む気配に目覚めかける誰かが覗き見したオンエア前のコピーライトに点が穿たれ一語削られる、または足りている、語中改行もある極小の世界に眼差したカミの摂理は絶大だ、悶え神が後ずさる口説き文句を賭した息遣いは蹴散らされたままグレーアウトした浮世図の背景に描かれブラックボックスが真似る万華鏡の史的パズルに囚われる、夜の街灯に寄り掛かる人影が共鳴しグウゼンな妄想と現実の吊りあった災厄と文字に刻まれた疼痛の均衡を見せかけたオフィスビルの張り詰めた束の間の静けさと亀裂を強いて仮構する、息の長いボクたちが競り合うアイテムの的として憎まれも愛されてきた誰かのアンヴィヴァレンツな個性というモデルとは比べようもなくそれは特異な光を放っている、これはいわゆる人物の登場しないリアリズムとは違う、証明はできないが愚禿の衆人に紛れ込んだ卑猥な吐息はジュンスイジゾクを担ぎ身体器官を剥き出し語りだす習慣化されたいわゆる癖だ、ふだんの自分を装ったおもちゃ箱の暗室に閉じ込め生かされ続けた児戯の乳臭さはあるが、頭上には空に弾かれた空想の星座、外地という言葉の外地がある、証言とは経験の純正なイメージ所有者の裏切りを言うそうだが　まずはじめに鏡像段階に退行していく晒首の見かけは岩戸の前で胸を掻き出し足を踏み鳴らす巫女に許された秘儀から逸出した激情が迸る絵図だ、それは恣意的で平凡な嫉妬の芽生えを予感させ継起的に再度鏡を振り返る認可済みの避妊薬を花粉にのせてアイマスクから溢れでる迷妄をリメイクするとしても三秒後には名付けられる上司のミアレを黙認する人事考価項目票のサイン欄に一マスが追加される、どちらからにせよ不倫猥談癒着中傷誹謗詐欺詐称誇大妄想陰謀偽善脅迫殺人爆破予告ハニートラップ業務命令等々ランサムウェア以外違反行為として読み替えるメール変換操作の宛名は外注先の受信箱へ収納され課金されるゴミ溜まりのこのハードディスクという無法地帯の基盤に打ち捨てられた忘却の移籍者から源泉徴収するアクドイシステムのことだから私有端末での先のＦＢ生中継中急性低酸素脳症に襲われた小熊の悲劇とはなんだったのだろう的なとぼけた譫言だったかもしれない一抹の不安が過る音の出処はいつも多重化されているからかもうひとつ別の霊山町の山道へ向かうT字路の角を曲がって藪にらみしたときの朧は朽ちかけた廃屋の軒下の墓窖から立ち込めている盲目の溥儀の匂い煙たい感傷がそれだ、ああうるさい反動的廃仏運動を先導した長州の策略が悶えゆくゆく嚆矢となった踏み絵の自己検閲が全体化するにつれあわや阿蘇の火口で足を踏み外し山間に雌伏する会津落人の土着化一種の擬態回心、それとも原始回帰した天草流人のノマド的彷徨を指していたのか、現代人に取り合ってもらえない孤老の伝承は違う言葉で歴史読本に裏書されているだけコンビニで買える気安いハーブの焼香匂には臭みがない、がんじがらめの肉親から解き放たれたあの双子の粒子になってウナギのぼるセシウムを振りキッた狐つきのタイムリーな計量器に感応し消沈した私的測量士がキラ星に願いかける現世の無常をグラデーションに喩え透明人間の現在位置をGPSで探る最高司令官が後手にまわりつづける戦時下に放置され堆積した物証の水雲は海に飢えている、

予め視角から拗ねて新人類考古学研究グループを結成し混雑する表象群と差し違え箱庭の洞窟を潜って岸壁と鷗の戯れる二本松に出来するその時という過去形で唐突に放射状の径が無数に枝分かれそれぞれの密入国管理を開設する、そこで誰かが追

記してくる、同時には記述できない直進的線状の分岐したとはいえ秘密の通路を確保したまま共時的構造物を維持しているらしいと、

それも交差配列が供犠した生命維持装置を手放さないまでのことにすぎないと断言し、とにかく細胞群の不動化とともに中有への途上で秘密の通路は遂に遮断される手筈が思惑ぶくれの宮中で宦官の病みついた金文字のパズルを完成させようと密かに伺候していた近習たちに崇められそっと極芯に指腹で撫で山姥の急所をにぎるシナリオをたどっていく、やがてガス室を招きただこれは万に一つの悪夢なのだが、忌人の揮う御幣の紙ずれの音が死相に墜ちてしまう前にどれだけ慎重を重ねても過度はないようこれから起こる出来事を予示する異物混入の政治的暴露に備え小ロットの物流に低級虫の死骸を紛れこませる手付きが死際に埋め戻せない残り物を置き去りにしたムーゼルマンを広大な誰もいない荒野へ　その原罪を訴求する粛々とした冷静な仕種へ控え目に相同的と言っていい甚大な秘儀に豹変するかがわかる、もちろん政敵を倒さんと文の抗争に突入する事前の円居は宴での逢瀬を不意打ちする内部告発者ほど卑小にはなれないだろうが、むしろ君の胸の内に隠された根無し草のジプシー似でイオニアまでの放浪さえおぼつかない足取りのH氏や、あるいは

ドバイを経由するバスクからニューヨークへの帰路でドラマテイックな自叙伝のドメステイックな断片に耽るK氏とが、誰でもいいと空耳を走らせているのに、どこにでもあるマイノリテイの誇大宣伝にやっきになって命の尊さを訴える、としても現実的には稀少民族のエントロピー増大を企むエクリチュールへの空爆よりは同時多発的誤植、そうではなく人工ウィルスの噴霧が有効に決まっているだろう、そのほうが同じ犠牲者にとって生の殉教者としてより多く鎮魂の花束を手向けられるはずだし、一度方位をを決めたからには羅針盤が筧を流れる昏い青海泥の水や、そして樋の際に追いつめられ滴る溜息の行方はすでに取り戻せるはずもなく、獣の無意識に後退するすでに燃えつくした灰に貶められ深海の沈殿物と化す気まぐれな地殻変動の玩具と微睡みに長けていく、けれど北西アフリカで澎湃しはじめた孤高の詩人群の歯茎が眩しすぎるのはいただけない、地殻変動のようにもっとゆっくり動けと、キルギス人から密輸入したプラセンタの効能を期待しすぎた鏡面との再会によって必敗の商売無限闘争地獄へ駆りたてていく見取図を携え念のため破産申告までの事業計画申告書は先に送っとく、彼女が言うインスタのフォトモデルを媒介したマヌカンはすでに死に体で増幅する孤立的な生をすでに胚胎しながら月刊ナカヨシに囚われた子供たちにこそ模倣から限りなく遠くへ逸脱していく複数の触覚的相似形群を大量に生みだす人工知能予備軍を組織する希望の星々と火山地帯の敵対的競合を無責任に煽る、息切れとはとうとう善意の全員を焼き食べ尽くす仮装劇の世界舞台へ羽毛を掻き集め羽搏かせる肩甲骨を進化させた黄泉の化身だが、暗黒大陸間のプレートを横断的に這いずり冷化した黒曜石を鷲摑むナップザックに詰め込み活断層を埋め尽くす海辺で拾うマージナルな貝殻の片割れを分かち合うカフカのラジオロマンスとも言い、いまだに未生でいる大空に吸い込まれた僕の心はどこへ、それともリルケの堕天使を呼び寄せ叡智的的世界を復元するのはどうだいとオヤジ顔で憂慮するけれど今は路上浮浪者の襤褸を引き裂いて胸元にウィルスシャットアウトの勲章を提げる、あるいは盃を交し合う小室の小窓から盗み見た黒光りするブルガリヒールで闊歩するエスコートガールを呼び止める執念ばかり消費して思案のしどころでもないのに捕まる前に失せよ隠れろと急き立てられるイメージだけ消して騒ぎ立てるんじゃない的な感情のうねりが唐突に思い浮かんだり常識ないすでに令和ぼけした皺に刻んだアスベストの灰を振り払って角質の皮塊を一撮み噛んで一呼吸置く思考の断裂はそのまんまほっとけと君は言う、それだけなら僕が指腹でセンシテイブな想い出をそっとなぞり乾いたところでくすぶる主と奴のカラフルに絡みあう通気性の低い都市ガスも水銀も次亜塩素酸もそれでいながら真っ当な素粒子の仲間になれる、それでこそ見初め合う秘密の契約が結ばれるのだから格子越しに艶めく花魁崩れの小娘が二円五十銭で落札され雀雀奄美か天草産の海女崩れの成れの果てと思い定めたある夜、素潜り中に烏賊釣りの餌に食いついた彷徨える深海魚は罠と知ったとたんすでに船底にのたうつ彪河豚だった、秒殺でマウントを取り返す立ち直りの速さはブラッシングの毛に負けてはいない、どこで過ったのか、独房の饐えた黒カビの臭いがきつい壁に凭れかかって独語が響く婆様の口籠る観念論否定説が狂うっきゃなくなり、見た目には華美で倣居な振舞いにもどこか昏い影がその都度射している、名指された時代に色濃く揺蕩う執行人の影の行方など、今どこで生き延びているのだろうか、同火を嫌う古来禁忌は物質言語を変換してでも堅く貞操を守りつづけているというのに、所有格の争奪をめぐる暗闘は囁き合う生業の知恵を育て、扇の骨に眼を外らし

紛れもなく魔法の薬酒と本物の水を牢の同胞と酌み交わすことになる、格子越しにさわぐ森に凭れかかってくる空にも今は見えない水辺の蓮に酒臭が起っている

その訳は訊かない、麻の経帷子の裏地をめくりただ俯いた、ただだだっ広い草原を駆けずり回っていた、そこで蕗の傘に被われた鍔広の温む緑青の絵筆で画かれたきみの裸体画が、萎れかかった紙の藁葺き屋根に逢着したのだ、静なるものが死に等しくないように、動なるものが生だとは言い切れない、鉱物や一葉の化石が死と等しくないように、未来は、どうであれ到来して、終わらない、言の葉は書き損じたわけでもなく不気味に滑ってほくそ笑む、木屑に隠れ潜み醗酵し、だれにも看取られず、決裂の跡形を惜しんで瞑想に宿り辛くもどかしく去っていく

真剣な遊びだからすぐ伝線するニューロンの綱を渡りシナプスの隠語を解く　あ鮮やかな電子軍団のスルーパスはその姿形から従順さの徴だとわかるだろう、それは絆の切断と接続が連なる別れの移ろう結節点だから、蓋しそこにボールを詰め込むポケットの自由がない、ナノ単位で編みこまれた手荒なポケットは、幻視された窪み、シボレートの合鍵は本来の規格を滅失して久しいけれど、剿滅させらた、排泄物のように振り返らないものになって、健全性の指標ではあるものの孔奥から見られた世界リスクの受容の経緯は悲劇的に見えてしまうミネルバの梟の欲望にそってサバサバする朝寝を貪り夜には非金属性のプロトタイプ仕様に変容するサバイバ

ルゲームに勝つ、すなわちここにあるべき記憶のポストはプラスティックな鋳型に譲られている、まるで居場所を掠め取られたエーテルの絶望のように寝取られた星雲が霧散する、だから明方が白むにつれてアナグラムから零れたゼリー状の構造物であるワザオギの檜舞台は目隠しされた頸に中をつけるポストポスト構造主義の忠心に深く埋もれ軟禁錠との知恵比べはまだ飽きられてはいない、語ることに感情の届かない言語の未知なら既知の原初ははじまりとも書くが言わば神話がのさばるコンプレッサーの先端で萎んでしまう、よく知られた無言の旋律を奏でながら消滅のリズムに乗ってワーグナーの挽歌を邁進する消防隊が語りえないものは火事場に仕組まれた罠の意図を知らされていない物質言語の球体上ではすでに褫奪されている地球儀の残影にすぎないからだ、過去にはそれなりに存在できなかったとしても、私において暴言すればいつでも心臓がばくばくしはじめるエコロジストが口籠ることの動機は変幻偏在する、筋さえ通ればアドホックに潜在する〈形象〉の世界をアクロバット的強制、または風紀の抑圧ともいうホーリズムから逃れ去るために事態はあまりにも深刻であると謂い、ホーキング博士が逝った宇宙を追いかけ墜落の正夢は車椅子のブレーキ操作と板挟みになりかける痛みの呼鈴に応え昏い空色をスライ

ドさせ自らは吸い込まれていく

それはどこかある場所に封じ込められ（棄てられたのだろうか、私の、縦横に無数の結晶体が走破性を駆使して獲物を志向するオオミズスマシが滑走する姿に似つかわしい変幻多様な表情を渡り歩く、それとも断固として空への隷従化にはベロを出し私の阿る身繕いが悶える、割れんばかりに鬱屈した両肩に靡かせ詰め寄ってくる逃散動議一念を太らせ、一語と一句を欠いた一筆書きの星座群がもつれながら蠕動運動を止めないアラームな叫びの中枢を彼方に睨み、一群の流星が百万の名づけようもない紅葉手に身を裂いて駆け抜けるとさやぐ境界線の向こうでいつかまた

冬

萩原朔太郎

つみとがのしるし天にあらはれ、
ふりつむ雪のうへにあらはれ、
木木の梢かがやきいで、
ま冬をこえて光るがに、
をかせる罪のしるしよもに現はれぬ。

みよや眠れる、
くらき土壌にいきものは、
懺悔の家をぞ建てそめし。

ちくま日本文学36「萩原朔太郎」（筑摩書房）より

閑文字

転回点から始める

誰にもスタート地点やターニングポイントとよびうる節目があるように、十代から稚拙な擬詩を書きつけはじめ、大学に入ってまもなくひょんなきっかけで当時30代だった詩人石毛拓郎や野沢啓両氏の知遇を得てせっかく現代詩の敷居をまたげたものの、ある事情で長らく詩作を中座することになったじぶんにとって、はたしてこれが苦肉な転回点ということになるのでしょうか。

まずカミングアウトからはじめます。まだ学生だった20歳を過ぎてまもなくのころでした。きっかけは平凡ですが無謀にも同年で高3からの文通相手と駆落ちしました。アドレセンスにありがちな無垢な正義感を理由にすればいいかっこしいにきこえます。事実は郷里の柵を厭い出奔した相手に随伴しその場しのぎに間借りしたのです。いわゆる同棲です。持病のある後遺症がようやく改善してきたのでしょう。今は冷静に振り返ることができるかもしれません。詳細は省きます。

雲隠れして何日もたたないうちに捜索願いがだされていました。見つかるとすぐに相手の実家へ連れ戻されました。ところが唯々諾々として頭を垂れている臆病の虫の隙を見計らうように、またもや取り付く島もない相手は家出を仄めかし、促されるままふたたび逃走しました。さすがに業を煮やしたのでしょう、こんどは借りおいたアパートに脅迫めいた入籍を催促する電話が矢継ぎ早に入りました。あっというまもなくこのアパートの一室を居城とする所帯をもたさられることになったのです。

むろんこちらの親族と世間を敵にまわすことになりました。若い二人でしたから後先も考えず純愛の正当性を信じたのでしょうか。そうこうするうち子供を授かりカタストロフィへの階段を転げ堕ちていくことになったのでした。入籍当初は新たな境遇に戸惑いながらも自由な新生活が魅惑的に思えたのですが、時間とともにそんなおめでたい気分を吹き飛ばすほどの偏執的強迫観念に憑りつかれていくことになります。ある意味その時点から強制され奪われていた主体性を取り戻そうとやっきになっていたのかもしれません。

火を見るより明らかでした。げんじつは幼児虐待をみすごし、幼妻を心身異常にいたらしめました。第三者的にみれば狂気のさたとしかいえない生き地獄につきおとされていたのです。風変わりな現代的ヘルさながらの生活実態については書けません。散文で述べるとタブーにもふれることになるからです。要約だけすると、この狂気による家庭崩壊後にも離散せず崩壊したそのままの状況――状態を形だけ死守すべく自給自足にこだわり、その生態の渦中を生き抜こうとしたのでした。当時保健所の方には何度も足をお運びいただいただけでなく、多大なる心配をおかけしたと思います。お詫びの申し上げようもありません。

後に殺傷沙汰になるのが恐ろしかったと母から聞かされましたが、延いては母の介添えがなければ曲りなりに26歳で父子家庭となるべく3歳の娘を引き取りその奇天烈な生活を終息させることもかなわなかったでしょう。当然ながらその代償として創作を断念しなければならなかった。身勝手に深手を負った獣のように野垂れ死んでもおかしくはなかったようです。ただ脳みそが腐っていく日々でした。抜け殻の身体だけが飢えを凌ぐように昼夜をさまよった。この虚脱症がつづくかぎり書物にさえ近寄らない愚禿な罪障感に苛まれました。西田幾多郎―ベルクソン風に言い表すなら、純粋経験の直接性を置き去りにしそれを持続し反省できなかった。きれいに無念というのが憚られる転落の衝撃がやわらいでくるまで、世間に媚びた反動的な生活に溺れていったのでした。

この溝板の底から平滑面に出直す精神を呼び戻すまでには、延べ30年ちかい空蝉な歳月が横たわることになるのです。

いま出遅れた未熟なアナクロニズムに彩られたこの印刷物は、ここ数年来目尻のふやけた浦島太郎よろしくタイムトンネルをぬけ雪国に出た眩暈さながら無知を自覚的に詩作しまとめたものです。ひらかれた豊かなことばとして世界を抱え込んだ詩集であってほしいと願いたいところですが、じぶんのための過剰で生半可な半生の経歴書のネガとしても読めてしまう。私詩の色合いがにじみでていることでしょう。仮面の贖罪意識との誇りは免れないかもしれません。

年々輪をかけ公私の入り混じりカオス化した順不同に移動する全過去の表象群が身体の鈍化に反比例し、ベルクソンの記憶の逆円錐のように今の尖端に先鋭化しのしかかってきます。それと抗う準―意識にある無数のバラバラな詩句の細片がすれちがい右往左往ちらかるがままに放置される。理路整然とした反省意識を試みてもまことが伝わらない。表現力が貧しいからだとすればそれまでですが、ほかにも訳があるのでしょうか。

周知のとおり、ことばの話として考えてみると、欧米語よりもともと曖昧な日本語は入子状に成り立つ文法構造の基体が述語論理を優位におく膠着語です。もっともこの事情はさまざま歴史の継起下で崩れてきているとは考えられます。そのひとつとして主格が明示される欧米語に感化されその内在化が戦後一層拍車をかけ進みました。一方主語に拘束されない殊に散文詩はもちろん現代詩がこれまでリゾーム状に培ってきた他者へ向かいながらもじぶんのこだわりが閉塞していく運動態は簡単には流通しない。言葉の表現的な遠心性がよのなか一般では影を潜める現状があります。たぶん散文に著しい現象かと思われますが、管見によれば文体の均質性として媒体によってその症状はまちまちで、主語論理が優勢化した日本語の主体の危機に手を付けずに意識的な可読性—伝達性になりすます求心性が翻訳可能性と相俟って濫觴をなしています。このトレンドの集立として防衛線を欠いた大河が生成され支流をも呑み込んでいくとき、災害時には修復しようなく氾濫する。また胡乱な歴史的反復性の記憶が記録化され無意識のうちに言論の動的生態をげんじつに範型化—硬直化させ、どちらか極端に傾かせる印象操作に——意識的にせよ無意識的にせよ——加担した表現形態のホーリズムに転じていく気味悪い予感が一瞬頭をよぎるのです。現代詩の文脈に引き直せば、藤本哲明氏が発信するところの薄エモさの跳梁跋扈とクロスしてきます。

ほんとうは認めたくないこの潜在的流れは、すでに現実化し古来からの列島的傾性といっても過言ではないかもしれない。さかのぼって繙いていくと和語が古代朝鮮語や南方語等と雑揉し紆余曲折を経た習合ののち、漢文の和訳がはじまったころ、漢語に充てる大和言葉の改変やまた漢語を詞として和語にない語をラング体系の空所に新設するなど当て字をふくめた置き換えを通じて語彙の自立性をめざしつつ書記の統合を探る恣意的習合習慣が、七世紀ごろから発掘された木簡などを根拠に、はじまったとされる見方もあります。むろん多様な言語史の印象操作に翻弄された偏見かもしれませんけど。

天武―持統朝で功利的な統合化の動きにみられた（憶良にさえ助辞の統一などにその形跡があります）、この筆のしぐさの気ままで大らかな下心に裏打ちされた習癖もおなじようにみえてきます。大なり小なり各固有語が相互受容的に経験する言語・文化的交流―習合の変遷でのラング体系が変容をその都度被る再編成と理解すればあえて述べるまでもないことかもしれません。

しかしながら明治以降欧米の語彙もしくは欧米的文法構造が急速に元の意味本質をずらしながらエコノミックに内在化していく過程は強力に意図的であり、近世でのゆるやかではありますが中国由来の儒教思想や国学の、その時々の政治社会と折り合いをつけ、後には反撃の契機を意図しようとする、自己都合的変遷にもみられることです。だから総じて日本語には大らかな恣意性と自己充足的な功利性の追求とが矛盾しつつ根をひとしくして共同体の内部に形成されてきた。この直感が良くも悪くも日本語に対して煮えきらなさをいだかせるのです。

感覚や思想が豊かになるにつれ、これだけは変わらない膠着語化した日本語のわずらわしさやもどかしさは、一度ならずかんじる詩作上のハードルといえなくもない。とはいえさきの欧米的主客構造を基体とする結構の本流に絆されまいとリヒテンベルク―ニーチェ由来の「エス」といっても過言ではない、制度性を帯びた既存の表象に抗う、言語化手前の生命活動下で、固有に自ずからふるまう逆向きのあるいは横やりの、複数の奔流がそれぞれあるわけです。だからこそ近代化された制度としてスタンダードな欧米化を目指す本流の一方では、作品相互に矛盾をはらみつつその本流との格闘が現代詩にはある。明治開明期の新体詩から今に至る様々な詩作上の試みがわかりにくさを伴いつつもあるのだと理解しています。自然、今に至る先達が残してきた宝の数々にふれることで、通時的にも共時的にもじぶんだけではない共生感に気づかされるのです。

きっとこの印刷物の試みは新奇なベンヤミンの星座を象りそこねた、随所に綻びが明け透けで鈍な想念の残骸でしかないでしょう。それでもただじぶんのターニングポイントの徴として、数多ある詩作の台座からはずれた個としての孤立感を楽しむ絶対矛盾的抒情としての記録として残したいし、勝手に震災前後の個人史をプラットホームにした一連の詩群と部分的にだとしても共鳴できる記憶の記録化と思っています。

詩的自己満足の産物ではありますが、心休める調和的ポイエーシスの逍遥遊への識閾から想像力のミューゼスが彼方で胸襟をひらき手招きしています。それをさえぎるように背後で臆病の虫がちょっと待てとつぶやき、肩を叩くだれかもいます。

これから過去の地下水脈に流れる砂金をかきあつめるにはもうすこし眼を耳を心をすまし自らわきでてくる痛みや涙や笑いと相対していくことがひつようでしょうか。それだけではありません。様々なじぶんにかかわってくる無生物―生物、出来事、ジャンルを問わない数多のテクスト群までをひっくるめた客観的世界という鏡を通じてみえてくる表現の自覚が、それらとの一心同体を演じることで非連続性でありながら連続性をおびてくることが肝になりうるとも思えてきます。理論的には述語論理を主体とし、たとえば古くは近世の国学者富士屋御杖にならい連歌を含めた古典文学、手を伸ばせばとどきそうな近代詩に至るまで、精緻巧妙な目配りとパースペクィヴを欠かさずことばに揺さぶりをかける。思惑的には不毛に陥らない悲哀や悲愴などの永劫回帰する詩想感情のタイムリーな特異性を素手で深掘りしてみたい。限界を超えようともがく気持ちだけでもいいのです。他方詩的措辞としては辞を粗雑に扱うことはＮＧですし、無言や省略・中折れさらにデタラメや現在的な非人称化を目論む言語化・非言語化の不徹底がことばの主体を物神化させる落し穴もあり手放しでは肯定も否定もできない書法もあるでしょう。そのうえで俗にいう有象無象の言語が蔓延る列島的エートスに住まいながら心の向くままに抗い、詩的逍遥遊を闊歩する自在な言語ゲームのエントリーからは敢えて退いた位置取りでいること。かけがえのないじぶん個人の間柄的な歴史性をふまえそれをまた忘却しながら派生する過剰な問題系の切断と接続の徹底操作のなかでじぶん個人の離接的記憶のこだわりひとつひとつにからんでくる余剰を伝統的なエコノミックの意識を先鋭化させることで語をはじめ句や聯の集合として構文をも改変していく、ことなどが当面詩作と対峙する心構えになります。本書では反映できませんでしたが影響を受けた先行詩人の多くの方々のなかで、たとえば江代充氏や貞久秀紀氏、松井啓子氏、「ひかりの途上で」の峰澤典子氏、また高貝弘也氏、「不在都市」の永方佑樹氏、「ペトリコール」のシエ氏、「ひかりへ」の紺野とも氏、などがじぶんの表現意識の場と隣接していそうです。直近では'10年代の示唆的変形語彙を創出しデフォルトさせることで現代詩のコーパスにみなぎる遠心力を強化する試みが斬新な森本孝徳氏や、グレアム・ハーマンのオブジェクト指向存在論を果敢に詩論へ取り込もうとする鈴木一平氏が謙遜する偽物になりすます主体、とりわけマーサ・ナカムラ氏の自己の経験を捉えなおす他者の経験との間を倫理性の隠匿を媒介としながらゆれうごき、いきつもどりつ投影しあう不思議の主体らしき所作（雨をよぶ灯台）などは、むしろ事後性の問題系と掴みなおせば興味深い'20年代詩を予示する発展系として見えてくるかもしれません。それらに付けくわえ数多な思想詩や言語派の未来もあります。

近年阿部嘉昭氏が提唱するところの縮減的な取り組みにも向きあってみたい。じぶんなりにアレンジして言いかえると、複雑な心的機制のなかにうごめく因果関係の不確定的な抒情性を詩的コンテクストの縮減によって再編成させる。つまるところ個的な可能性の過剰（雑音）によって見えにくくなった極私的な過剰反応を、その都度ピンで留めるような詩的しぐさの場所で標本化し、特異点として創出する。

これも書法のひとつです。御杖の言葉を借りれば〈外へそらす〉〈境をおす〉これら倒語にあやかる換喩と隠喩もっと言えば濫喩をも駆使することで多義性論理を得意とする日本語をより特異的に創出させ、体験的な言語化前の自己関係における狭間である裂隙の苦渋から調和的逍遥遊―ポエジーへの愛惜や喜怒を放つ表現行為との出会いを望みたいところですが、それには意味づけられる曖昧性より情意を充たす意味づけられない曖昧性がどちらかといえば好まれます。

なぜなら日本語はデリタのいう「間隔化」（エスパスマン）のスピードが遅いと言われ、それを逆手にとってシニフィアンを主体とする述語性の散種や多義性のわなを配慮し、再読に仕向ける遅効化をしかけることでコンテクストを異化（隠喩化―ポール・リクール、減喩を含んだ換喩化―阿部嘉昭）する二つの線を交差させ、変異によって融合されつつも意味の一元化を為しえない無意味の再表象へ導いていくからです。

またこれらに付随していながら拘束をうけないであろうラカン的想像界、それと相反するフロイト―ラカン経由のカトリーヌ・マラブーに反旗を翻すマルクス・ガブリエルが示唆する無世界での他者との共生などの問題系も、矛盾しながら視界のなかで交錯する課題です。とはいうものの経験不足のうえ筆力の劣る目覚めたばかりの本の虫には正直手にあまります。手をつけたとしても試行錯誤を繰り返すだけでものにもならないでしょう。朝吹亮二氏の新刊「ホロウボディ」に内在する漸次昇りつめていくリビドーの持続を主体とする詩作行為、福田拓也氏の「倭人伝断片」に見られるようなヒルメの新解釈を基軸にしたずらされた主体の書法なども魅力的です。また意味の両価性（両義性）や不明性もそうですが、状況設定の中でイメージの喚起や詩句の気息を呼び込むためには間テクスト性としての他力本願力も動員されます。などなど思い悩んでいたところ朗読が効果的だと最近わかってきました。音の反響に触発された言葉が増殖することで形容矛盾を犯しがちな沈殿化したメロディー（詩句のサーフィング）やリズム（音律）を裸形のまま呼び覚まし、クリステヴァの言う「ジェノテクスト」へつながっていくことにもなるのです。

そんなわけで２０１９年夏から天童大人氏主宰の詩人の聲プロジェクトに参加させていただいています。音読することで詩句や語などの余剰や過剰に気づくこともすくなくないのです。そしてさらには過剰があってこそエコノミーの意識がはたらくとも言えます。

イベント自粛はつづくなか最後に一言二言照れくささを脇へどかしてでも詩作への愛を述べるなら、環境世界にひらかれていながら現代詩のオートポイエーシスとしての存在世界を自覚すること。複数の傷んだ生の奔流を潤色がいらない共同的な無の海へもどしていくために、持ち越されてきた欠除から起動する、埒のあかない表現意識の矛盾は無限です。

著者略歴　髙野　尭

1961年　東京都杉並区に生まれる
1981年　哲学者長谷川宏宅で詩人石毛拓郎氏・野沢啓氏と出会う
1985年　慶應義塾大学文学部独文科卒業
1987年　私的袋小路からの脱出　重い虚脱症を患う、創作・詩作の放棄
2012年5月　やや回復、読書と詩作の再開
2019年より　三田文学会会員　詩人の聲プロジェクト参加

逃散

二〇二〇年七月十五日　発行

著　者　高野《たかの》　尭《ぎょう》
発行者　知念　明子
発行所　七　月　堂
〒一五六―〇〇四三　東京都世田谷区松原二―二六―六
電話　〇三―三三二五―五七一七
FAX　〇三―三三二五―五七三一
印　刷　タイヨー美術印刷
製　本　井関製本

ISBN 978-4-87944-412-7　C0092